太郎とさくら

小野寺史宜

ポプラ文庫

太郎とさくら

小野寺史宜
Onodera
Fuminori

太郎とさくら……目次

六月　太郎、結婚式に出る

「おい、太郎《たろう》。白いネクタイはなかったのか？」と照夫《てるお》伯父さんに訊かれ、

「はい。えーと、持ってなくて」と答える。

「何だよ。姉ちゃんの結婚式だぞ。そのぐらい買えよ。もう働いてるんだから」

「今の若い人は、結婚式だからって、白いのをつけないものね」と克代《かつよ》伯母さんがとりなしてくれる。

「でも葬式は黒だろ？」

「そうだけど。お葬式とは別よ」

「しょうがねえなぁ。カッコつけやがって」

「いいじゃない。太郎くん、実際、東京に行ってカッコよくなったわよ」

「いえ、それは」と否定する。「太りはしましたけど、カッコよくはなってないです」

「そういえば、ちょっとふっくらした？」

「はい。ちょっとじゃなくて、結構しちゃいました」

「どうせ飲み歩いてるからだろ。六本木とか何とか、そんなようなとこを」

「いえ、あの、六本木は、行ったことないです。会社からもアパートからも遠いので」

「きちんと説明しなくていいわよ」と克代伯母さんが笑う。「この人も、知らないで言ってるだけだから」

「知ってるよ。六本木ヒルズだろ？　パソコンで儲けたやつが住む。そうだよな？　太郎」

「まあ、そう、なんですかね」

披露宴会場に、お姉ちゃんと亮平《りょうへい》さんが戻ってきた。お色直しを終えたのだ。華やかな弦楽曲に乗って、しずしず歩いてくる。

僕はすぐに席を立ち、そのしずしずのあいだにカシカシとスマホで何枚も写真を撮る。父に言われているのだ。撮れるだけ撮ってくれと。

亮平さんはどこが変わったのかわからないが、お姉ちゃんは変わっている。白のドレスが青になっている。明るい青。ヒダヒダがあまりないシンプルなもので、ベールも短め。すごくいい。

お姉ちゃん。

姉ちゃんではない。おがつく。

友だちと話すときは姉ちゃんと言うが、お姉ちゃん自身に姉ちゃんとは言わない。歳の差が六あるからかもしれない。血のつながりが半分しかないからかもしれない。

僕の母房子《ふさこ》は、長女さくらを産んだあとに離婚している。父春夫《はるお》とは再婚だ。その後僕が生まれた。だからお姉ちゃんと父に血のつながりはない。僕とは半分で、父とはゼロ。

丸山《まるやま》さくらと小泉《こいずみ》亮平さんの結婚式及び披露宴。神社とどちらでやるか迷い、このホテルでやることになった。JR静岡駅前にある立派なホテルだ。

お姉ちゃんと亮平さんが、会場前方の新郎新婦席に着く。

僕は後方の新婦親族席に戻る。

続々と出される和洋折衷《わようせっちゅう》の料理を食べ、手酌《てじゃく》でグラスのビールを飲む。

遠く離れたお姉ちゃんを見る。笑っている。

離れているのに、笑っているとわかる。

お姉ちゃんだからだ。

思いだす。

小六のとき、お姉ちゃんが通う高校の文化祭を友だちの敦《あつし》と見に行った。

電車で清水に行き、駅からは歩いた。お姉ちゃんが地図まで描いてくれたので、迷わなかった。途中でこわい中学生にカラまれたりしないだろうな、とビクビクしながらも、僕らは約二十分をかけて高校にたどり着いた。

小六から見た高三は、圧倒的に大人だった。そこで教育を受けているのではなく、何やら高等な研究でもしているように見えた。後に僕自身がそうなり、高校生はただのダラけた者たちだということがわかるのだが、そのときはまだわからなかった。

お姉ちゃんのクラスは、出しものとしてカフェをやっていた。机をテーブル席として並べ、食べものや飲みものを出すあれだ。

メニューには、食べものや飲みものでなく、フードやドリンクと書かれていた。それだけで、おぉ、と思った。僕は思っただけだが、敦は実際にそう言った。僕と敦のドリンク代は、お姉ちゃんが出してくれた。

お姉ちゃんは、きちんとカフェの店員ぽい格好をしていた。そこでも敦の、おぉ、が出た。お姉ちゃんはきれいだった。ほかの女子たちよりきれいだと思い、ちょっとうれしくなった。

圧倒的に大人な高校生たちは、皆親切で楽しそうだった。お姉ちゃん自身も楽しそうだった。これ弟、と僕を周りに紹介した。名前を訊かれ、太郎、とお姉ちゃんが答えると、皆すぐに僕を太郎と呼んだ。

太郎も高校はウチに来いよ、と男子の一人が言った。はい、と答えた。行けなかった。偏差値が高すぎるのだ。でも代わりに敦が行った。そう。敦はその高校に進み、僕と同じく東京の大学に行く。

お姉ちゃんは、高一のときから国公立大に進むつもりで勉強し、県立大に受かった。進学のために奨学金をもらうつもりでもいたが、調べてみると、有利子で、割が悪いことがわかった。そこで考えを変え、両親に借りる形にした。

返す必要はないと両親は言ったが、お姉ちゃんは働いて返した。ほかに食費を入れもした。そして三十一歳で返済を終え、家を出ていく。

お姉ちゃんのおかげで浮いた丸山家のお金は、すべて弟にまわった。お姉ちゃんより学力が低かったにもかかわらず東京の私大に行って民間のアパートで一人暮らしをした、弟にだ。

僕は学費を返そうとはしてない。両親も返せとは言わない。たぶん、このまま返さない。とてもじゃないが返せない。

そんな負い目もあり、会社に入って初めてもらった給料で、両親にプレゼントをした。父にも腕時計、母にも腕時計。そう高くはないソーラー電波腕時計。二つ合わせて約二万円。それでどうにかごまかした。四年分の学費と仕送りが、わずか二万でチャラ。安すぎる。

それでも、父はわざわざ電話をかけてきて、時間が狂わないなんて便利だな、と言ってくれた。替わって電話に出た母も、電池を換えなくていいなんて便利ね、と言ってくれた。二人は今日も、僕があげたその腕時計をしている。

「じゃあ、太郎、よろしくな」と父が言う。

「ん？　あぁ。うん」

父と母は新婦親族席を立ち、披露宴会場の左寄り、新郎関係者側のテーブル席へと向かう。

僕も立ち上がる。ウェイターさんに声をかけて瓶ビールをもらい、右寄り、新婦関係者側のテーブル席へと向かう。

お姉ちゃんの会社関係者、上司のかたがたと同僚さんたちへのあいさつをサラッとこなし、友人たちの席へ。

大学時代と高校時代の人たちは、さすがに一人も知らない。だが中学のほうは、何人か知っている。そのうちの一人が難敵だ。武也《たけや》さん。唯一の男性。

といっても、お姉ちゃんの元カレとか、そんな人ではない。ただの同級生。父親同士が知り合いなので、お姉ちゃんと武也さんもそれなりに仲がいい。だから呼ばれた。

で、予想どおり、捉《つか》まった。

「お、久しぶりだな、山太郎」

「どうも。お久しぶりです」

武也さんのグラスにビールを注ぐ。グラスは小さく、武也さんはすぐに半分以上を飲んでしまうので、また注ぐ。

山太郎。武也さんは僕をそう呼ぶ。三音の太郎をわざわざ長くするのはこの武也さんだけだ。それを聞くと、地元に帰ってきた気分になる。

「お前、相変わらず?」

「何がですか?」

「何がってこともねえけど。東京で気張ってんの?」

「別に気張ってはいないですよ」

笠井《かさい》武也さん。地元由比《ゆい》の桜えび漁師。父親の仁也《じんや》さんも同じだ。

武也さんは清水エスパルスのファンでもある。たまに日本平《にほんだいら》のスタジアムに試合を観に行く。

僕も一度誘われたことがある。サッカーはいいですよ、と断ったが、清水区民がサッカー観戦を断ってんじゃねえ、と強引に連れていかれた。お姉ちゃんと行ってくださいよ、と言ったら、それができたら苦労はねえよ、と返された。冗談めかしてはいたが、半分は本気であるように聞こえた。

「丸山も結婚かぁ。まさかほんとに小泉と一緒になるとはなぁ」

武也さんがビールを飲み干すので、また注ぐ。

「で、山太郎。お前は結婚しねえの？」

「まだしないですよ」

言いながら、紗由《さゆ》のことを頭に思い浮かべる。まだしない。でもいずれは。

「お前がするときも、披露宴には呼べよな」

「はい」

「こっちでやるんだろ？　式と披露宴」

「いや、それはまだ」

「お前んちはこっちなんだから、こっちでやれよ。おじさんとおばさんが大変だろ。東京のやつらを来させろよ」

「予定もないのに考えてないですよ、そこまで」

「おれはこっち希望な。東京に行くのはかったるいから」

中身が減ってないグラスを無理やり満杯にして、武也さんのもとを離れる。

さらに二人の女性、お姉ちゃんの中学時代の友人たちにビールを注いで、僕は花子《はなこ》のもとへ行き着く。

日下《くさか》花子。お姉ちゃんのではなく、僕の同級生だ。

「久しぶり」と言って、グラスにビールを注ぐ。

「久しぶり。ありがとう」花子が一口飲む。「さくら先生も、ついに結婚だ」

さくら先生。

大学三年のとき、お姉ちゃんは花子の家庭教師をした。花子の母峰子《みねこ》さんが、生徒の保護者同士として知り合った僕の母を通じて、お姉ちゃんに家庭教師を頼んだのだ。塾に通わせるお金も私立高に入れるお金もないから、短い時間でお願いできないかしら、と。

お姉ちゃんは喜んで引き受けた。太郎のお友だちなら安心だし、日曜だけならむしろありがたい、と言って。そして一年間、花子が住む団地まで自転車で通った。結果、花子は県立の高校に受かった。もとは女子校、僕の母の母校だ。

峰子さんは喜んだ。大いに喜んで、お姉ちゃんと、何故か僕まで食事に招待した。手料理をふるまったわけではない。清水のレストランに僕らを呼び、何でも好きなのを食べて、と言った。

お姉ちゃんはハンバーグを食べ、花子と僕はステーキを食べた。峰子さん自身は、このあと仕事があるからと、コーヒーだけ。途中で何度もタバコを吸いに出た。そのたびに花子がいやな顔をしたのを覚えている。食事を終えて店を出ると、峰子さんは僕らと別れ、職場へと向かった。港の近くにあるスナックだ。

家庭教師と生徒。つまりそんな縁で、花子も披露宴に呼ばれたわけだ。

花子ちゃんも来るよ、とお姉ちゃんに言われたときは、あ、そうなの、と軽く返したが、実は会えるのをちょっと楽しみにしていた。何せ、初恋の人だから。

小学生のとき、クラスに太郎と花子がそろった。契約書やら申込書やらの記入例に頻《ひん》出《しゅつ》する名前。その代表格の二人。太郎は花子と結婚しろよ、と周りのバカ男子たちからよく言われた。言われていやな気はしなかった。むしろ満更でもなかった。花子のほうは、同じことを言われ、結婚なんてしないよ、と真顔《まがお》で返していたが。

「呼んでくれてうれしかったよ」とその花子が言う。「さくら先生の披露宴なら出たいなと思った。大学に入れたのは、さくら先生のおかげだから」

「大学？　それで入ったのは高校でしょ」

「そうだけど。勉強そのものよりも、勉強のやり方を教われたのが大きかった。あのとき教われてなかったら、たぶん、大学には行けなかったよ」

花子がビールを飲んだので、待ってましたとばかりにグラスに注ぐ。

「ダンナさん、すごくよさそうな人だね。わたしたちの先輩でしょ？　小中の」

「うん」

「それって、理想といえば理想かもね。そこまで昔から知ってれば、別れたりはしないような気がする」

「そうであってほしいけどね」

「って、ごめん。披露宴の席で別れるはマズいよね。今のなし」

「じゃあ、なし。とにかくさ、わざわざ来てくれてありがとう。姉ちゃんもすごく喜んでたよ。花子ちゃんが出席してくれてうれしいって」

「ねぇ、太郎くん。今度、東京で飲もうよ」

「あぁ。うん」

「メールのアドレスとか、変わってないでしょ？」

「変わってないよ」

「連絡する。ごめんね、引き止めちゃって」

「いや、こっちこそお邪魔しちゃって。それじゃあ」

もうちょっと話したかったな、と思いつつ、新婦親族席に戻った。

母がグラスにビールを注いでくれたので、それを飲む。

急いで料理を食べる。冷たいポタージュに、牛フィレ肉のステーキだ。

そこへ、章彦《あきひこ》さんがやってきた。今日初めて会った小泉章彦さん。亮平さんのイトコ。会場の受付をやってくれている人だ。

その章彦さんが母に言う。

「すいません。あの、ノグチさんというかたが、いらしてますけど」

「はい？」

「えーと、さくらさんかお母さんを呼んでほしいと」

母と父が顔を見合わせた。驚いている。

ノグチさん。野口さん、だろう。

母と父が席を立ち、足早に受付へと向かう。

何となく、僕も続く。

重々しく見えるが実際にはそう重くない扉を開けて、外へ。

章彦さんが手を伸ばして示した先に、その人はいた。

六十前後。白黒半々の髪。やせ気味。シワシワの半袖シャツに、チノパン。ノーネクタイ。くたびれた黒いくつ。礼服感はない。

「ちょっと。何なの?」と母がいきなり言う。

その口調でわかる。やはり野口庄造《しょうぞう》さんらしい。母の前夫だ。つまり、お姉ちゃんの実父。

山っ気があり、職を頻繁に替える人だったと母から聞いたことがある。母とともに勤めていた清水のスーパーをやめてからは、飲食店で働いたり、パチンコ屋で働いたりした。自分でカフェを始めようとしたこともあったらしい。それを、何と、田舎町の由比でやろうとしたのだ。しゃれた店はほとんどないから流行るはず、との甘すぎる見通しで。

「何でここにいるのよ!」

母はそんなには怒らない人だが、今は怒っている。激怒、に近い。

「さくらに会わせてくれよ」と野口さんが言う。「一目でいいから、花嫁姿を見させてくれよ」

「こういうの、やめてよ」

父は黙っている。母を見て、野口さんを見る。

僕はそんな父を見て、同じく野口さんを見る。

「おい、どういうつもりだよ！」と言うのは、遅れて出てきた照夫伯父さんだ。「そんな格好で、いったい何なんだ！」

「スーツを、持ってないんだよ」と野口さん。

「いきなり押しかけて受付で呼び出すって、どういうことだ！　何しに来たんだよ！」

「さくらに、会いに」

「会えるわけないだろう！　お前なんかが来たら披露宴がぶち壊しになるってことがわからないのか？　それとも、さくらに招待でもされてるのか？」

「まさか。勝手に来ただけだよ」

「勝手に来るなよ」

「すいません」と、野口さんではなく母が照夫伯父さんに謝る。

「いや、房子さんが謝ることじゃない」そして照夫伯父さんは野口さんに言う。「お前、酔ってるだろ」

　確かに、野口さんの顔は赤い。少しフラついてもいる。

ある意味野口さんにも感心するが、僕は照夫伯父さんにも感心する。初めて会う人にもお前と言える。気持ちを言葉に出せる。それが照夫伯父さんだ。年齢や性別を問わない。言うべき相手には言う。ただ、僕はちょっと苦手だ。

「五分でいいから、会わせてくれよ」

「ダメだ」

「いいじゃないか。減るもんじゃなし」

「減るんだよ、めでたさが。ほら、帰ってくれ」

いや〜な空気が流れる。本来なら披露宴会場で流れるはずのない空気だ。

どうしようかなぁ、と思う。

考えがすぐにはまとまらない。野口さんのことは言えない。僕も少し酔っている。ビールを四、五杯は飲んでしまったから。

「会わせられるわけないだろう！」と照夫伯父さんは続ける。「相手のご家族がどう思うんだ！」

相手のご家族はどう思うだろう。案外何も思わないんじゃないか、という気もする。それとも、めんどくさい嫁をもらってしまったな、と思うのだろうか。

わからない。わからないまま、僕は重そうで重くない扉を開けてなかに戻る。通路をまっすぐに歩き、新郎新婦席へと向かう。そして隣に座る新郎の亮平さんには聞こえないよう、声を潜めて新婦のお姉ちゃんに言う。

「野口さんが、来てるけど」

さすがにお姉ちゃんは驚く。その驚きを抑え、尋ねる。

「どこに?」

「受付」と答える。「今、お母さんとお父さんと照夫伯父さんが」

僕が照夫伯父さんまで加えたことで、状況を察したらしい。

「ちょっと行くね」と亮平さんに言い、お姉ちゃんは席を立つ。

そしてすたすた歩いて受付へと向かう。

僕も続く。

不穏な気配を感じたのか、亮平さんまでもが続く。

俊敏な新婦の動きに気づいた出席者の何人かがチラチラとこちらを見る。亮平さんのご両親も見る。

その二人が席を立つのが見える。今言わなくてもよかったか、と早くも後悔する。

お姉ちゃんが扉を開けて外に出る。

ドレスの裾《すそ》が挟《はさ》まらないよう、僕もすぐに続く。

僕に挟まる裾はないが、亮平さんもすぐに続く。

亮平さんのご両親までもが、続いてしまう。

あっという顔で、野口さんがこちらを見る。

機先を制するかのように、お姉ちゃんが言う。

「帰って」

え？　という顔に、野口さんがなる。でもそれは一瞬。そのあとには、あぁ、という顔になる。

「わたし、来てほしいなんて言った？　どうしてこうなるのよ。考えてよ」

「ごめん」と野口さんが言う。

お姉ちゃんの花嫁姿を一目見た。目的は果たした。が、開口一番、帰って、と言われる。さすがにシュンとしたように見える。

「帰るよ。結婚おめでとう」

野口さんは、お姉ちゃんの姿をもう一度見て、エレベーターのほうへ歩きだす。

誰もあとを追わない。僕以外は誰も。

僕も、なるべく目立たないようにそれをやる。なかに戻る皆の最後尾につき、トイレに行くふりをして壁伝いにエレベーターに向かう。どうがんばっても受付の章彦さんには見られてしまうが、それはもうしかたない。

野口さんが乗った下りエレベーターに、どうにか滑りこむことができた。

ホテルの利用客がほかにも二人乗っているので、エレベーターが下降するあいだは何も言わない。野口さんは僕が何者であるか気づいてないように見えた。

エレベーターを降り、一階のロビーに出る。野口さんを先に行かせる。人の邪魔にならなそうなところで、声をかけた。

「あの」

二人、ともに立ち止まる。

「弟です」

「え？」

「さくらの」

「あぁ。えーと、太郎？」

「はい」

二つのことに驚いた。名前を知ってたことと、いきなり呼び捨てされたことに。

野口さんは僕を見る。上から下まで。そしてもう一度、上。顔。お姉ちゃんと似てるか確認したのかもしれない。

僕とお姉ちゃんは、似てない。だがたまに似てると言う人もいる。僕らの関係を知ってる人こそ言う。でも似てますよ。姉弟は姉弟ですよ。やけに励まされる。

「悪かった」と野口さんが言う。「せっかくの場を、ぶち壊した」

「いえ、あの、それほどでは」

あとを追ってはきたものの、話すことは何もなかった。

あのまま帰してはいけない。僕はただそう思っただけだ。あのまま帰したら、丸山家として野口さんを追放したみたいになってしまう。断罪したみたいになってしまう。

「太郎は、こっちに住んでる？」

「いえ、東京です。というか、今は千葉ですけど。会社は東京です」

「あぁ。そうなんだ。おれも東京だよ」

「あぁ。そうですか」

「東京に出て、働いてるのか。立派だな」

「いえ、そんなことは」

どうしようかなぁ、と、またしても思う。まあ、いいや、とも思う。

上着の内ポケットから名刺を一枚取り、差しだす。もしかしたら出席者の誰かに名刺を渡されることもあるかと、用意してはいたのだ。

野口さんはその名刺を受けとって、言う。

「すごい。有名な会社だ」

「食品会社だから有名なだけですよ」

「ウチも、カレー粉とかをつかってるんじゃなかったかな」

ウチ。気にはなったが、訊かない。

「もらっとくよ。ほんとに悪かった。じゃあ」

名刺を手にしたまま、野口さんは玄関のほうへと歩きだす。しばらく見送るも、振り向かない。

再びエレベーターに乗り、披露宴会場に戻った。

新婦親族席に、父と母はいなかった。先に僕がまわった新婦関係者側の各テーブル席をまわっていた。

だから僕も、新郎関係者側の各テーブル席をまわった。

新婦さくらの弟です。お忙しいところありがとうございます。

注ぎに注いで、瓶ビールが三本空いた。知り合いがいないため、新婦側にくらべて時間もかからなかった。

新婦親族席に戻り、すでに戻っていた父と母を見る。

顔つきは普通なので、ほっとした。

照夫伯父さんはやや不機嫌そうだが、まあ、許容範囲。克代伯母さんの分のお赤飯まで食べていた。

披露宴は、何ごともなかったかのように進んだ。

亮平さんもお姉ちゃんも笑っていた。無理して笑っているようには見えなかった。

披露宴の最後には、おなじみのあれがきた。新婦による両親への手紙の朗読、だ。

お姉ちゃんはそれを無難にまとめていた。父への感謝。母への感謝。その二つがきっちり半々で語られた。どちらにも偏《かたよ》らなかった。

太郎の名前も、何度か出てきた。父はお父さん、母はお母さんだが、弟は太郎だった。

「太郎が高校を卒業して東京に出ていく日。実際に太郎が出ていったあとで、お母さんが泣くのを初めて見ました。お父さんは、お母さんの肩を優しくポンポンと叩きました。二人がわたしのお父さんとお母さんでいてくれて、本当によかったです」

と、お姉ちゃんは少し震える声でそう言った。

驚いた。そんなこと、ちっとも知らなかった。

だとしたら。母が家で泣いていたそのとき、僕は新幹線こだまのなかで、東京に着いたらカレーうどん食お、と思っていたのだ。実際にカレーうどんを食べ、汁がはねて白いシャツに黄色い染みができたから、よく覚えている。

新婦親族席では、克代伯母さんがハンカチを目に当てていた。照夫伯父さんは、ハンカチでは足りないのか、おしぼりで顔全体を拭っていた。

お姉ちゃんの手紙は、高齢女性を中心に、居合わせた多くの人たちの涙を誘った。

そのなかで、一番激しく泣いたのは父だ。母でなく父。それは予想外だった。

声を上げこそしなかったが、父は肩を震わせて泣いた。何というか、自身の内側で激しく泣いた。

たぶん、それを見たせいで、お姉ちゃんの声もなお震えた。

亮平さんが、そんなお姉ちゃんの肩に手を添えた。

僕が東京に発ったあとの父と母もあんなだったのかな。そう思った。


いや、参った。何に参ったって、自分の野球の下手さに参った。

部やクラブでやったことはないから、うまくないことはわかっていた。とはいえ、小学校や中学校でソフトボールぐらいはやったことがあるから、まったくやれないこともないだろうと思っていた。

やれなかった。

ソフトボールと野球は全然ちがっていた。体育の授業でそこそこやれていた者と中学や高校で部活としてやっていた人は、それ以上にちがっていた。

会社の草野球チーム、ホワイトペッパーズ。三歳上の先輩、安藤航一《あんどうこういち》さんが立ち上げ、現在も監督兼キャプテンを務めている。

まず一年め、新入社員のときに誘われた。寮の部屋に入ってこられ、仕事の息抜きになるからやろうぜ、と言われた。野球は未経験であることを説明したが、最初は誰でもそうだ、と軽くいなされた。それでも、早く仕事に慣れたいので、と断った。

二年めも誘われたが、そのときも、まだまだ仕事に慣れないので、と断った。

三年めも誘われたが、そのときも、どうにか仕事に慣れてきたとこなので、と断った。

そして四年め。ランチタイムに入った茅場町《かやばちょう》のラーメン屋で、同じ半チャンラーメンセットを食べていた安藤さんに押しきられた。もう逃げられないぞ、太郎。三年経ってまだ仕事に慣れてなかったら、お前、社会人としてヤバいぞ。

そのホワイトペッパーズという名前は、安藤さん自身がつけた。会社の主力商品がスパイスやハーブだから、そうしたのだ。

ホワイトペッパー。白コショウ。強そうな名前ではない。だが企業でブラックはマズいので、ホワイトにした。ユニフォームが黒だと夏は地獄、との理由もあったようだ。

聞けば、チームの平均年齢は、三十二、三歳。対して僕は、二十五歳。やれないことはないでしょ、という根拠の薄い自信は、試合前の守備練習の段階で簡単に打ち砕かれた。

軟球はソフトボールよりずっと小さく、ノックの打球はずっと速かった。十球中七球は捕れなかった。正面に来たボテボテのゴロさえ、ファンブルした。安藤さんがくれた外野手用の黄色いグラブは手になじんだのに、肝心のボールが手につかなかった。

その十球で、僕を含めた全員が、僕の実力を正しく見極めた。

先手を打って、安藤さんに言った。

「ほら、こんなですよ」

「初めはそんなだよ」と安藤さんはあっさり言う。「来てくれただけでいい。太郎がいなきゃ九人そろわなかった」

そう。今日のホワイトペッパーズは、僕を入れて九人。

それが何を意味するか。

こんな僕でも、ベンチに座ってはいられないということだ。試合に出なければならないということだ。

ユニフォームは昨日安藤さんに渡された。

白地の左胸にＷＰの黒文字が入っている。胸全体にWHITEPEPPERSではなく、片胸二文字にすることで、値段を安くできるのだという。キャップも白で、ＷＰ。白ずくめ。高校球児みたいだが、これが意外にもカッコいい。

背番号は、14。十四人めのメンバーだから、だそうだ。その14の上には、ネームまで記されている。TARŌだ。安藤さんは、ANDŌ。ほかの人たちも皆名字なのに、僕だけが名前。

そのシャツとパンツとキャップで、一万五千円とられた。痛い。一万五千円といったら、半月分の食費だ。

グラウンドは、会社と同じ中央区にある。そこをホームにしているという。在住者だけでなく、在勤者や在学者も利用できるとのことで、本社からそう遠くもないそこを選んだのだ。

区の施設なので、あれこれ整っている。トイレはもちろんのこと、更衣室にシャワーに駐車場。それにナイター照明まである。グラウンドも、内野は土だが、外野は天然芝。一塁側と三塁側には、屋根付きのベンチ。

ただ、三面あるので、外野は狭い。こちらのレフトとあちらのライトで守備位置が重なったりする。つまり、背後から打球が飛んできたり、外野手が突っこんできたりする可能性があるわけだ。それはこわい。

で、僕はそのこわい外野にまわされた。ポジションはライトで、打順は九番。この守備では打撃にも期待できない。そう思われたのだろう。

グラウンドを借りているのは二時間。正午から午後二時。その二時間で、準備から整備まですべてをすませなければならない。

ということで、試合はすぐに始まった。ホワイトペッパーズは何らかのリーグに参戦しているわけではないので、試合は常に練習試合。遊びだが本気だ。

ライトだからだいじょうぶだよ、と安藤さんに言われて守備位置についたが、全然だいじょうぶじゃなかった。野球に疎《うと》い僕でも知っている。ライトはイチローのポジションだ。

実際、大変だった。器用に流し打ちができるやつもそうはいないから、そんなにボールは飛んでこないよ、とも安藤さんに言われていたが、飛んできた。じゃんじゃん来た。二人いた左バッターの打球は多くが僕のところに来たし、ライトが狙い目と見た右バッターも、積極的に流し打ちをしてきた。

フライは一つも捕れなかったし、ゴロはほとんどをはじいた。一つはトンネルした。ライト前ヒットをトンネルするのだから、当然ランニングホームランになった。

センターの秋葉《あきば》さんとセカンドの榎本《えのもと》さんには大いに迷惑をかけた。秋葉さんはライトに打球が飛ぶとすかさずバックアップにまわらなければならなかったし、榎本さんは、肩も強くない僕のために、かなり近くまで送球を受けに行かなければならなかった。

三十代の秋葉さんはともかく。四十代の榎本さん。人事課長の、榎本さん。

マズいな、と思った。遥かに歳上の人事課長に自分のミスを何度もカバーさせるのだ。フライを追ってバンザイする姿や転倒する姿を何度も見られるのだ。そんな社員を有能と判断できるだろうか。仕事と草野球は別。そんなふうに、きっちり分けて考えられるだろうか。

それでも、攻撃時のベンチで、榎本さんはこんなことを言った。

「僕も下手なセカンドだけど、これで肩の荷が下りたよ。丸山くんが入ってくれてよかった」

額面どおりには受けとれない。本音かどうかわからない。本音だとしたら、それはそれでよくない。野球が下手なのにノコノコ出てきた社員。味方にでなく、敵に貢献するお荷物社員。よくない。

打つほうもまたひどかった。

4打数無安打、3三振。バットに当たった一つは、キャッチャーゴロ。ピッチャーゴロですらない。しかも、ボールを拾ったキャッチャーにタッチされてアウト。ファーストの手を煩《わずら》わせもしなかった。

そんな九番ライト太郎に対して、三番ショート安藤はうまかった。同じチームにいちゃダメでしょ、と思われるくらいにうまかった。

打っても守っても、身のこなしは軽やか。肩も強く、ファースト根津《ねづ》さんへの送球はまさに矢。ピッチャー岡部《おかべ》さんの球より速かった。そのうえで、4打数4安打1四球。打率十割。出塁率も十割。

仕事より草野球に力を入れる男。それが安藤さんだ。

大げさでなく、毎週やっている。試合が日曜なら、土曜は公園で壁当てをやる。壁にボールを投げ、戻ってきたのをキャッチするあれだ。寮の部屋にも、グラブとバットがある。グラブは普通のが三つとキャッチャーミット。バットは金属と木が一本ずつ。ボールは十個以上ある。

といっても、仕事そっちのけの野球バカではない。仕事もきちんとやる。営業成績もトップクラス。仕事は目一杯したうえで、草野球にも力を入れる。たぶん、切り換えがうまいのだ。

「ムチャクチャうまいですね」とベンチで安藤さんに言ったら、

「うまくねえよ」と返された。

「いやいや、うま過ぎですよ」

「この程度ならざらにいるよ」

「ざらに、います？」

「いる。うまいやつは、マジでうまい」

　そうは言っても、安藤さんはうまい。高校できちんとやってた人は、やはりちがうのだ。

　もったいない。プレーする姿を見せるところまでこぎ着けていたら、育美《いくみ》の心も動いたかもしれない。

　そう。大友《おおとも》育美。僕の同期。同じ本社勤務。所属は商品企画課。

　安藤さんは、この育美にフラれている。一度ならず、二度、三度とフラれている。

　僕は四年めに陥落《かんらく》した。安藤さんの押しに負け、このホワイトペッパーズに入ってしまった。育美はちがう。同じく入社一年めから安藤さんに誘われているが、陥落しないのだ。ホワイトペッパーズのマネージャーにされたら困ると、巧みに断りつづけている。

　今年も安藤さんは、おれと付き合ってくれ、と言った。カレシができたので、と育美は断った。本当にできたらしい。社内にではなく、社外に。それでようやく安藤さんの長い失恋も完結した。

「高校のときはセンターだったけど、ほんとは内野をやりたかったんだ。だから今ここでショートをやってる。そのためにペッパーズをつくったようなもんだな。それでも、おれよりうまいやつが入ってきたら、ポジションは譲るけど」

「譲るんですか？」

「そりゃそうだろ。草野球でも、そこはちゃんとしねえと」

「じゃあ、あと一人誰か入れてくださいよ。僕はベンチでいいから」

「ベンチに座るために草野球をやるなよ」

「やるというか、やらされたわけですし」

「やらされてるとしても、お前はやってんだよ」

「はい？」

「やらされることを自分で選んで、お前はやってんの。おれが首輪をつけてここまで引っぱってきたわけじゃないだろ？」

「うーん。それに近いものはありますけど」

怒るかと思ったが、安藤さんは笑った。

「まあ、いい。選んだからにはやれよ。進んでやれば、うまくなるから。うまくなれば、楽しくもなるから」

「なりますかねぇ」

「ほら、スリーアウトだぞ。またライトでポロポロやってこい。人事課長に迷惑をかけてこい」

安藤さんの指示どおり、僕はその後も人事課長に迷惑をかけ続けた。七人の先輩と一人の後輩。区別なし。分け隔てなく、皆に迷惑をかけた。

後輩というのは、入社二年めの赤木《あかぎ》くん。経験者だと知った安藤さんが、去年、声をかけてチームに引き入れた。安藤さんの次にうまいのがこの赤木くんだ。サードをやっている。

初めからうまいと聞いていたので、驚きはしなかった。が、それとは別のあせりはあった。人事評価で、二歳下の彼にすでに抜かれてしまったのではないかという。

チーム九人のうちの一人が僕。ライトに大穴があいているというのに、ホワイトペッパーズは九対六で勝った。僕以外の人たちがきちんと打ち、きちんと守ったからだ。

秋葉さんと榎本さんだけでなく、ピッチャーの岡部さんも大変だったと思う。しきれなかったとはいえ、右バッターには流し打ちをさせないよう内角攻めを徹底し、左バッターには引っぱらせないよう外角攻めを徹底しなければならなかったから。

太郎のおかげで考えるピッチングができたよ、と岡部さんは笑っていた。岡部さんとはほぼ初対面だが、すんなり太郎と呼ばれた。

それ以外にも、ほとんどの人たちが僕を太郎と呼んだ。赤木くんは赤木なのに、僕は太郎だった。初めは丸山さんと呼んでいたその赤木くんでさえ、試合後には太郎さんと呼ぶようになった。

最後まで丸山くんと呼んだのは、榎本さんだけだ。八人のなかで一番、太郎と呼んでほしい人なのに。

七月　太郎、カノジョの親と会う

お姉ちゃんの新婚旅行に自分も参加するとは思わなかった。

土曜日の昼に電話がかかってきて、言われたのだ。晩ご飯を一緒にどうかと。

新婚夫婦の邪魔をしたくないよ、と一応言ってみたが、彼も太郎に会いたいみたいだから、とお姉ちゃんに言われ、まあ、それなら、となった。

お姉ちゃんと亮平さんは、披露宴のあと、すぐに新婚旅行に出たわけではない。亮平さんの仕事の都合で、二週ほど後ろへずらしていた。初めからその予定だったのだ。

行先は北海道。札幌と小樽と函館をまわるという。行きは静岡空港から新千歳空港へ。帰りは函館空港から羽田空港へ。そして東京でぶらっとして最後は新幹線で静岡へ。というプランだ。

そのぶらっとのところに、僕が組みこまれた。

午後四時羽田着とのことで、待ち合わせは午後六時。場所は丸の内。二人はそこにあるホテルに泊まるのだ。新婚旅行だから、少しは贅沢をするらしい。

店は商業施設内の中華料理屋。半チャンラーメンセットを出す類ではない。一品料理に麺類、どれも千円以上。バカ高くはないが安くもない店だ。

僕がおごるべきかも、と思ったが、思っただけ。電話の時点で、もちろんわたしたちが払うからお腹空かせて来て、と言われていた。正直、ほっとした。昼を軽めにし、お腹もきちんと空かせた。

土曜だが、店はそれなりに混んでいた。

四人掛けのテーブル席に三人で座る。お姉ちゃんと亮平さんが並び、僕は亮平さんの向かい。お姉ちゃんの配慮でそうなった。

何でも好きなのを頼んで、と夫婦どちらにも言われたが、おまかせします、とそこはさすがに遠慮した。どうせ何を食べてもうまいのだから、本当に何でもよかった。

エビチリ、麻婆豆腐、チンジャオロース。

夫婦の選択は僕の好みに近かった。無駄に高そうな北京ダックやフカヒレスープにはさほど惹かれない。結局、食べ慣れたものこそがうまいのだ。極端なことを言えば、ここでも半チャンラーメンセットでいい。日々そんなだから、僕は克代伯母さんの指摘どおり、ふっくらしてしまったのだが。

夫婦と弟の三人、ビールで乾杯した。

「休みなのに出てきてくれてありがとう」と亮平さん。

「急に呼び出してごめんね」とお姉ちゃん。

「いえいえ。あらためて結婚おめでとうございます」と僕。

グラスがカチンと三度鳴る。

それから、お姉ちゃんが僕におみやげをくれた。

北海道といえばこれ。白い恋人だ。ホワイトチョコがサンドされたクッキー。

「初めから決めてたの。太郎が好きだったなぁ、と思って」

「好きは好きだけど。そんなこと言ったっけ」

「ほら、ニセコにスキーをしに行った徹夫《てつお》くんが、買ってきてくれたじゃない。あのとき」

「相当前でしょ、それ」

「徹夫くんが大学生で、太郎は小学生。これうめ〜って感動してた。ほとんど一人で食べちゃって、お母さんに怒られてたよ」

そんなこと、感動した僕自身が忘れていた。言われても思いださない。

徹夫くんというのは、僕らのイトコだ。照夫伯父さんと克代伯母さんの息子。

照夫伯父さんのあとを継いでみかん栽培をすることはなかった。今は由比にはいない。ここ東京にもいない。ではどこにいるかと言うと、ニューヨークにいる。

徹夫くんは、東京の私大に行き、大手の海運会社に入った。大手も大手、最大手だ。そして今は海外勤務。だからお姉ちゃんの結婚式にも出られなかった。その日は帰ってこいと照夫伯父さんは言ったらしいが、無理はしないでほしいとお姉ちゃんが言った。

徹夫くんには、僕も何年も会ってない。

紙袋から取りだしてみると、包装された白い恋人の箱には白い封筒が貼りつけられていた。

「これ、何？」

「感謝の手紙」

「え？」

「あとで読んで。そんな大したものじゃないから。だいじょうぶ。お涙頂戴とか、そういうのじゃない」

「じゃあ、まあ」

箱を紙袋に戻し、空いている隣のイスに置く。

「白い恋人は僕も好きだよ」と亮平さんが言う。「ホワイトチョコなんて普段は食べないのに、それは食べちゃうよね。会社でも、誰かが札幌営業所に出張なんていうと、ついつい期待する」

「確かに、しますね。おみやげがほかのものだと、ちょっとがっくりきますよ。恋人は？　って文句を言いたくなります」

亮平さんは、清水に本社がある食品会社に勤めている。主に缶詰をつくっている会社だ。初めは焼津の工場に配属され、その後東京の支店で営業をやり、今は清水の本社。

正月に開かれた小泉家と丸山家の食事会で知ったことだが。その東京支店は、僕が勤める会社のすぐそばにある。たぶん、百メートルも離れてない。亮平さんがいたのは僕が入社する前だから時期が重なってはいないが、何か縁があったのかも、という話にはなった。狭い東京ではありがちなことだ。

僕の父と母は由比の小学校と中学校で同級生だったが、亮平さんとお姉ちゃんはさらに高校まで同じ。亮平さんは理数科なので、クラスが同じになったことはないらしいが、それでも同じ通学路を三年間歩いた。

亮平さんはその高校から国立大に進み、今の会社に勤めた。

県立大に進んだお姉ちゃんは、やはり清水にある物流会社に勤めた。他県への転勤がないよう、一般職を選んで。

大学がある静岡までは由比から電車で二十分、会社がある清水までは十分。お姉ちゃんはどちらへも自宅から通った。就職後は清水にアパートを借りることも考えたが、近いんだから通えばいい、との両親のすすめもあって、自宅通勤を選んだ。

亮平さんとの新居は、清水駅近くの賃貸マンション。間取りは2LDK。子どもができるまではそこに住むらしい。それまではお姉ちゃんも仕事を続けるらしい。すぐに子どもをつくりにかかるのか、そこまでは知らない。

お酒にあまり強くない亮平さんは、グラス一杯のビールで早くも赤くなった。僕はこれでやめておくけど太郎くんはじゃんじゃん飲んで、と言う。

言われるまま、じゃんじゃん飲んだ。中華がビールに合うのだからしかたがない。

その後、ちょっと野口さんの話をした。

「太郎」

「ん?」

「披露宴のときは、おかしなことになっちゃってごめんね」

「何が?」

「ほら、野口さん」

いきなり名前が出た。野口さん。お姉ちゃんも、さん付けだ。

「あぁ。いや、全然。というか、僕のほうこそ、ごめん」

「何が？」

「ほら、来たことを、わざわざ伝えに行ったりして」

「あぁ。それはいいわよ。知らないままでいるわけにはいかないし。むしろ教えてくれてよかった。あの程度ですんだから。照夫伯父さんがあの場であそこまで怒ったりしなければ、もうちょっと穏やかにできたんだけど」

「亮平さんは、あの人のことを、知ってるんですか？」

「うん。聞いたよ、あのあとに」

「結婚することはね、わたしがあの人に伝えたの。訊かれたんで、日にちと場所も教えた。まさかあんなことになるとは思わないから」

「連絡、とってたんだね」

「たまに電話のやりとりをするくらい」お姉ちゃんは少し間を置いて言う。「ただ、一度だけ、会ったことがある」

「あ、そうなんだ？」と亮平さん。

「うん。大学四年のとき。就職が決まったあとかな。東京に出た友だちに会いに行ったそのついでに。どうしても就職祝をしたいって言うから。で、会って、ご飯を食べた。

それこそ中華。ここにしようって、あの人が入ったの。予約してたわけでも何でもなく、ふらっと。高そうだなとは思ったのよ。でもあの人は、だいじょうぶだいじょうぶって」

「だいじょうぶだったの？」とこれも亮平さん。

「全然。自分であれこれ頼んで。飲んで。食べて。支払いのときに、お金が足りない、となった。あんな感じだから、クレジットカードなんて持ってないの」

「で？」

「わたしが現金で払った。ぎりぎりだったわよ。足りなかったら、あの人を店に残して、わたしがコンビニのATMまで走らなきゃいけないとこだった。でもどうにか足りたんで、払って店を出たの。あの人は、ごめん、返すからって」

「返してもらった？」

「まあ、それは。でもお金は、普通郵便で送られてきた。現金書留でじゃなく。ほんとはダメ。なくなっても文句は言えない。ダメだと知らないわけじゃないんだろうけど。何ていうか、考えないんだね」

考えない。考えずに、動いてしまう。そういう人もいる。野口さん。それっぽい。

「北京ダックもフカヒレスープも、そのとき初めて食べたの。すごくおいしかった。あの人も同じこと言ってた。でもあとでそんな苦いことになっちゃって。会ったのは、そのとき以来。まさか披露宴で会うことになるとは思わなかった」

「そのお金」と僕は言う。「実家に送られてきたってことだよね？」

「そう」

「差出人の名前は？」

「なし。さすがに書くのはマズいと思ったんでしょうね」

「お義父《とう》さんとお義母《かあ》さんに見られちゃうか」と亮平さん。「でも差出人の名前がないのも、不審といえば不審だね」

「そこも、やっぱり考えない。そういう人なの。って言えるほどは、よく知らないんだけど。一緒だったのも三歳までだし」

野口さんの話はそれで終わった。

僕だけが最後に広東焼きそばを食べて、会も終わった。

支払いは亮平さんがすませた。野口さんは持っていなかったクレジットカードでだ。

明日は、東京暮らしの経験がある亮平さんの案内で、銀座辺りを歩くという。そして夕方の新幹線で静岡に帰るという。

一人になった帰りの東西線のなかで、僕は封筒を開けた。白い恋人に貼りつけられていた、白い封筒だ。何故か気になってしまい、アパートまで待てなかった。

感謝の手紙、ではなかった。

手紙も入ってはいたが、書かれていたのはこれだけだ。

披露宴ではいろいろありがとう。引っ越しで物入りだろうから、足しにしてください。

亮平、さくら。

メインはこちら。封筒から出して数えはしなかったが。一万円札が、たぶん、十枚。

披露宴で僕が出した祝儀《しゅうぎ》は、恥ずかしながら、三万。往復の新幹線代を加えたとしても、あっさり超えられた。儲けが出てしまった。

何だよ、とつぶやきつつ。

白い恋人と併《あわ》せて、ちょっとうれしい。

白いコショウたち、ホワイトペッパーズのユニフォーム代が、意外な形で還ってきた。

感謝しかない。


取引先には、約束時間や場所によってアパートから直行することもあるが、たいていは会社から行く。

この日もそうだった。ミーティングで、中川《なかがわ》営業課長に新商品の『和《わ》のカレーやや辛《から》』を売りこんでこいと発破をかけられ、オフィスを出ようとしていた。

「太郎、電話」と、その中川課長に呼び止められた。

急いで戻りながら、尋ねる。

「誰ですか？」

「ノグチさん」

「どこの人ですかね」

「言わなかった」

じゃなくて、訊かなかっただけだろう、と思いつつ、受話器を耳に当てる。

「もしもし。お電話替わりました。丸山です」

「もしもし。太郎？」

「はい」

「ノグチだけど」

「えーと」

「ほら、さくらの」

「あぁ。どうも」

「あのときは、ありがとな」

「いえ、こちらこそ」

「名刺をくれたから、電話させてもらった。この時間ならいるかと思って」

「そうですか。それは」

「今、だいじょうぶか？」

「少しならだいじょうぶです。えーと、何でしょう」

「一度あいさつに行くよ」

「え？　いいですよ。そんな」

「いや、行く。太郎には、顔を合わせてちゃんと謝るよ」

「いいですよ、ほんとに。僕は何とも思ってませんし」

「遠慮すんな」

「いえ、遠慮ではなく」

「迷惑か？」

「あ、いえいえ。そういうわけでもないです」

こちらからかけ直しますので、番号を教えてもらえますか？　そう言おうと思ったところで、課長が席を離れた。

「太郎は、今どこに住んでる？」

課長の背中を目で追いつつ、声を潜めて言う。

「えーと、行徳です」

「ギョウトク？」

「はい。東西線の行徳。浦安の二つ先です」

「じゃあ、千葉だ」

「はい」

「おれのとこに来てもらうわけにはいかないんで、行ってもいいか？」

「アパートに、ですか？」

「そう」

「えーと」

「マズいのか？」

「いえ、マズくはないです」

「飲みに行ったりする金はないんだよ。カツカツの暮らしをしてるから」

はっきりそう言われると、断れない。拒めない。

「まあ、かまいませんよ」

「よし。土曜の夜か日曜の昼でいいか？　おれは日曜しか休めないから、そうしてくれ」

「はい。僕も休みは土日なので」

「どっちがいい？」

「じゃあ、土曜の夜で。日曜は、ちょっと予定があるので」

ホワイトペッパーズの試合だ。エラーをし、アウトを献上するために行く試合。

「なら土曜にしよう。ただ、ちょっと遅い時間になる」

「何時ですか？」

「十一時とか」

「そこまでですか」

「心配すんな。ちゃんと帰るよ」

「あぁ。はい」

「じゃあ、それで」

「わかりました。土曜の午後十一時ということで」

野口さんがメモをとると言うので、僕は自分のスマホの番号とアパートの住所を教えた。目印になる公園や建物についても説明する。

「迷ったら電話する」

「そうしてください」

「じゃ、土曜に」

「はい」

「会社の人たちによろしく」

「伝えます」

伝えない。会社の人たちは、伝えられても意味がわからない。姉の実父がよろしくと言ってました。伝えるわけがない。

電話を切り、ふっと小さく息を吐いたところへ、課長が戻ってきた。

「太郎。誰？」

「あ、営業先の人です」

「個人の番号、教えてないのかよ」

「まだ名刺を渡した段階なんですよ。ただ、ウチの商品に興味を持ってくれたみたいで」

うそにはならないだろう。野口さんも、カレー粉がどうとか言ってたから。

「じゃあ、いい話につなげろよ。たすけが要りそうなら、報告しろ」

「はい」

その後、一階に下りたところで、大友育美と出くわした。安藤さんの求愛をはねつけた、同期の育美だ。

「太郎、外まわり？」

「うん」

「がんばって『やや辛』を売りこんできなさいよ」

「売りこんでくるよ」

「野球、やらされてる？」

「やらされてる」

「暇があったら、試合、観に行こうかな」

「いいよ、来なくて」

「何でよ」

「下手だから」

「下手だから見られたくないって、中学生かよ」

互いに足は止めない。そんなことを言い合って、別れた。育美とはいつもそんなだ。

そして土曜日。野口さんがアパートを訪ねてきたのは、三十分遅れの午後十一時半だった。

ウィンウォーン、とインタホンのチャイムが鳴った。いきなりドアを開けはせず、受話器をとって、言う。

「はい」

「野口だよ」

「今出ます」

出た。

野口さんがドアのすぐ外にいた。

たぶん、披露宴のときとまったく同じ服装だ。シワシワの半袖シャツに、チノパン。あのときは意識しなかったが、僕よりも少し背が低いことがわかった。百七十センチにぎりぎり届かないぐらい、だろうか。

「悪い。遅くなった。電話しようと思ったけど、時間も時間だし、行くことは行くからいいかとも思ってな。というのは言い訳で、実は電話代を渋った」

「あぁ。えーと、どうぞ」

「お邪魔さんな」

野口さんが、狭い三和土《たたき》でくつを脱ぐ。やはり披露宴のときと同じ、くたびれた黒いくつだ。

居間としてつかっている洋間に招き入れる。

「おぉ。二間！　東京で二間はすごい」

「千葉ですよ」

「ほぼ東京だろ。ほれ、みやげ」

野口さんが白いビニール袋を差しだしてくるので、受けとった。

「すいません」

「大したもんじゃないよ。なんて言っちゃいけないぐらい、大したもんじゃない。カップ麺」

本当にそうだった。それが二つ。

「前に小説で読んだんだよ」

「はい？」

「一人暮らしの若い男を訪ねるときのみやげにカップ麺。タバコは吸わないやつもいるし、酒は飲まないやつもいるし、甘いものは食わないやつもいる。でもカップ麺を食わないやつは、まあ、いない。大好きではなくても、あれば食う。もらえば食う。なるほどな、と思ったよ。といっても、お察しのとおり、結局は安く上がるからそうしたんだけど」

「別に察しては」

野口さんが笑うので、しかたなく僕も笑う。この歳の人にそんなことを言われても、すんなりとは笑えない。むしろ笑っちゃマズいだろう。

「じゃあ、ここに」と、とりあえず座ってもらう。

引っ越しの際にクッションを買っておいてよかった。赤と青。二つ。僕はいつも青をつかうので、野口さんには赤をつかってもらう。紗由につかってもらうはずだったのに。初めての使用者がまさかこの人になるとは。

中野区にあったワンルームの寮からこのアパートに移ったのは、紗由との同棲も想定していたからだ。二間で安いところを探し、ここに決めた。会社がある茅場町と同じ東西線ということで、行徳。千葉県の市川市だ。初めは浦安にするつもりでいたが、まだ微妙に高かったので、もう二駅離れた。行徳だと、快速が停まらない分、少し安い。

白いミニテーブルを挟んで、自分も座る。野口さんと向かい合う。

「あのときはおかしなことになって、ほんと、悪かった」

「いいですよ」

「房子、怒ってた？」

房子。母だ。野口さんにしてみれば、元妻。そこも呼び捨てか。

「いえ、そんなには」

「あいつは、えーと、房子の義理の兄？」

あいつ。房子以上に怒ったあいつ、ということだろう。

「はい。父の兄ですね。僕の伯父です」

「そうか。あいつが太郎の親父さんではないと思ったよ」

「どうしてですか？」とつい訊いてしまう。

「いや、何となくだけど。あいつが房子の再婚相手ではないだろうと。もう一人の人だよな？　親父さんは」

「はい」

「あのあとさ、新幹線には乗れないから、普通電車を乗り継いで帰ったよ」

「東京までですか？」

「ああ。行きもそうした、静岡まで。三時間半近くかかった」

「そう、でしょうね」

「でもその浮いた新幹線代を祝儀にまわせた。よかったよ、祝儀を出せて」

その祝儀は、あのとき、僕ら丸山家の者たちが出ていく前に受付で渡したらしい。亮平さんのイトコの章彦さんが受けとったのだ。断る理由もないから。

東京で僕と会ったとお姉ちゃんから聞いて電話をかけてきた母が言っていた。

祝儀は、普通避けるであろう偶数の二万円だったという。一万円札一枚と五千円札二枚にする、といった細工も施されていなかったそうだ。母自身は、照夫伯父さんからそのことを聞いた。

では照夫伯父さんが何故そこまで知っていたかと言えば。章彦さんに直接訊いたからだ。あの男はいくら包んだのかと。

そして照夫伯父さんは、何と、自分の財布から出した三万円を足し、野口さんの祝儀袋の金額を五万円に訂正した。漢数字の二から五へ。横棒一本、縦棒二本を、筆ペンでうまく書き足したのだ。丸山家側の人間としてさくらに恥ずかしい思いをさせるわけにはいかない、ということで。

そうなると、もう、何だかよくわからない。もはや尊敬するしかない。

「行きの電車のなかで」と野口さんは言う。「おれ、ビール飲んじゃったんだよなぁ」

「やっぱり、飲んでたんですか」

「ああ。何だか落ちつかなくてさ。で、飲んだら止まらなくなって。乗り換えの熱海でも沼津でも缶ビールを買った。まさか気づかれるとは。失敗だった」

失敗は、そこだけじゃないような気がする。

「ダンナ、いい男だな。頼りがいがありそうだ」

「そう思います」

「そこは安心したよ。房子にくらべたら、男を見る目がある。いや、房子も、おれとの失敗のあとは見る目を持ったか」

どうしようかなぁ、と思う。

披露宴のときも、思った。どうしようかなぁ、と思い、僕はお姉ちゃんのところへ行った。そして野口さんが来たことを話してしまったのだ。

で、今また、どうしようかなぁ、と思う。言ってしまう。

「あれ、僕が言っちゃいました。お姉ちゃんに」

「ん？」

「野口さんが来てると。だから、あんなことに」

「あぁ。そうなのか。じゃ、あれだ。さくらの花嫁姿を見られたのも、会ってしゃべれたのも、太郎のおかげだ」

会ってしゃべれた、といっても。帰って、と言われ、ごめん、と言う。それだけ。

何だか恩着せがましいことを言ったような気分になる。僕は、野口さんのためにでなく、お姉ちゃんのために動いただけなのだ。

あ、お茶ぐらい出すべきだな、と思う。そしてお茶のつもりが、口からはこんな言葉が出る。

「あの、ビールでも、飲みますか？」

野口さんはちょっと驚いて、言う。

「いいのか？」

「はい。明日は休みですし」

立ち上がってビールを取りに行き、戻ってくる。こうなると予想して買っておいたわけではない。常に五、六本は冷蔵庫に入れてあるのだ。

「ビールと言っておきながら、本物じゃなく、新ジャンルですけど」

「おれはいつもそうだよ。いや、いつもと言うほど頻繁には飲めない」

「じゃあ、えーと、グラスを」

「いい、いい。缶のままでいいよ」

「そうですか？　じゃあ、僕もそれで。つまみは、えーと、すいません、柿ピーしかないです」

「柿ピー、上等。贅沢だ」

六袋詰の柿ピー。その一つを取りだし、ビニールを完全に開いて皿代わりにする。それぞれにクシッとタブを開ける。缶を肩の高さに掲げることで何となく乾杯し、飲む。

夕食は夕食で普通にとった。三食とったうえで、深夜にビール。マズい。太ってしまう。丸太郎になってしまう。

「うまいな」と野口さんが本当にうまそうに言う。「いつどこで飲んでも、ビールはうまい。本物じゃなくてもうまい」

「ですね」とあえなく同意する。

ビールと柿ピー。その取り合わせは、結局、世界一ではないだろうか。紗由には、おじさん臭いと言われるが。

飲んでしまったのだからしかたがない。もういいや、と思い、訊いてしまう。

「野口さん、今、仕事をしてきたんですよね」

「ああ」

「何ですか？　仕事」

「居酒屋。料理人じゃなくて、経営者でもなくて。ホール係。アルバイト」

「あぁ」

「時給九百五十円。月曜から土曜の週六日。今日は土曜なのに珍しく団体客が入ってちょっと混んだ。だから遅くなった」

「場所はどこですか？」

「神田。サラリーマンが多いとこだな」

「だから日曜が休みなんですね」

「ああ。チェーン店はチェーン店だけど、規模はデカくないから、各店舗でいろいろちがうらしい。ウチは日曜定休」

「金曜とかすごいですよね、混み方が」

「すごいな。そうなってくんないと、店はやっていけないだろうけど」

「わかりますよ。僕も大学のときに居酒屋でバイトをしてたんで」

「そうか。どこでやってた？」

「錦糸町《きんしちょう》です。アパートが隣の亀戸《かめいど》だったから、何なら歩いてでも帰れるようにってことで」

「歩いて帰れるのはいいな。おれは無理だから、後片づけが押して終電間際になると、ちょっとあせる」

「どちらなんですか？」

「日暮里《につぽり》。店の寮だよ。古い民家みたいなとこ。三畳一間。エアコンなし、フロなし、トイレ共用。それでも、おれにしてみればたすかるけどな。家賃は三万だし」

三万。三畳エアコンなしフロなしトイレ共用。寮なのに、三万。足もとを、見られてないだろうか。

「店長が大家と懇意でさ。借り受けてるらしいんだよ。寮といっても、店員でそこに入ってるのはおれ一人だけど」

となると、ますますあやしい。

時給九百五十円。週四十時間として、月に十六、七万。その三万のほかにも、いくらかは引かれる。どうにか暮らせるかもしれないが、貯金まではできないだろう。

そんななかで、野口さんは、遥か昔に手放した娘に祝儀を出したわけだ。片道三時間以上、往復では七時間近く普通電車に揺られるなどして。

一人娘、さくら。

母によれば、その名前は野口さんがつけた。女の子だとわかった瞬間、さくらでいこう、と言ったのだ。それを聞いて、母は少し迷ったという。名前が気に入らなかったからではない。片見里《かたみざと》市に嫁いだ同い歳の友人が、産んだ娘にちょうどさくらとつけたばかりだったからだ。でも結局はさくらになった。そんなの関係ないだろ、と野口さんが言って。

二人で柿ピーをポリポリ食べる。二袋めを開ける。

「あの」

「ん？」

「お姉ちゃんと、連絡をとってたんですね」

「とってたってほどじゃない。せいぜい年に二回だな」

年に二回。関係性を考えれば、多いような気もする。

北京ダックやフカヒレスープの件には触れず、こう尋ねる。

「結婚のことは、お姉ちゃんが自分から言ったんですよね？」

「ああ。初めは行く気なんてなかったんだ。でもその日が近づくと、日曜ならいけるよなぁ、せめてお返しぐらいはしたいよなぁ、と思うようになった」

「お返し、ですか？」

「そう。たまに金を送ってくれたりもしてたから」

「お金」

「頼んだわけではないけどな。おれが貧しいことがわかったんだろうよ。だから年に二回ぐらい、送ってくれるようになった」

「送るっていうのは」

「通帳に入れてくれる。ゆうちょ銀行の通帳。それならおれも持ってるから」

「いつごろからですか？」と、つい突っこんだことを訊いてしまう。

「うーん。十年ぐらい前かな」

だとすれば、お姉ちゃんが就職したころだ。北京ダックとフカヒレスープのあと。

両親に学費を返し、食費も入れる。そのほかに、そんなこともしてたのか。清水で一人暮らし。したくてもできない。

ビールを飲んで、野口さんが言う。

「毎回、ぎりぎり五万いかないぐらいの額なんだ。ぴったり五万とかじゃない。何でだろうって、窓口の人に訊いてみた。わかるわけないと思ったけど、わかったよ。五万を境に、料金が変わるらしいんだな」

「あぁ。手数料みたいなものが、ですか」

「そう。だからじゃないでしょうかって言ってた。五万以上は一気に送金すると料金が倍以上になる、だから分けてるんだと思いますって」

「なるほど」

「感心したな。おれならそんなこと考えない。何も知らずに、ただ送っちゃうよ。窓口でそうすすめられたとしても、面倒だからいいって言うだろうな。金もないくせに」

わかる。お姉ちゃんなら、そうするだろう。無駄のないやり方を選ぶはずだ。

「堅実な子に、育ってくれたんだな。太郎の親父さんと房子のおかげだよ。おれじゃとうてい無理だった」

柿ピーを食べ、ビールを飲み干す。

野口さんの缶も空いたようなので、二本めを持ってくる。

「悪いな。それ飲んだら帰るから。安心しろよ」

「いや、安心て」と友だち口調で言ってしまい、あわてて足す。「でも、あの、もう電車ないですけど。もちろん、バスも」

「ないな」

「タクシー、ですか？」

「まさか。静岡まで普通電車で行くやつがタクシーなんて乗るかよ」

「じゃあ、えーと、どうやって」

「電車の始発を待つ」

「始発って、たぶん、五時台ですよ」

「日曜は五時七分。駅で見てきた」

「三時間以上ありますよ」

「待つよ。ここでじゃなく、外で。そういうのは平気なんだ。今はもう夜も暑いくらいだし。幸い雨も降ってない。ほら、来る途中に公園があったろ？　わりと広いのが」

「駅前公園ですか？」

「名前はわからんけど、それかな。そこのベンチで待つ」

「いや、それは。いくら何でも」

「だいじょうぶ。平気だよ」

それが平気って。これまでいったいどんな生活を送ってきたのか。

「あの、野口さんは、もうずっと東京ですか？」

「この十年はそう。いや、もっとか。十五年ぐらいかな。その前は名古屋で、その前、房子と別れたあとしばらくは静岡にいたよ。引っ越し屋とか工事の作業員とか新聞配達員とか、いろんなのをやった。でもやっぱり、飲食店関係が一番多かったな。居酒屋で働いたんならわかるだろうけど、賄《まかな》いがあるのはデカいから」

「デカいですね、確かに」

「引っ越しとか工事とかは、もうできないだろうな。五十九歳じゃ雇ってもらえない。警備なら、まだいけるかもしれないけど。工事現場のわきに立って、車とか歩行者を誘導したりするやつな。でもあれはあれでキツいんだ。夏は暑いし、冬は寒い。雨も降る。それを言ったら、新聞配達もそう。長くは続かなかったよ。配達員同士のいざこざも結構あったりするから。そう考えると、結局、飲食店が一番なんだ。何といっても、屋根がある」

「生まれは、由比ではないですよね？」

「清水。今はあれか、由比も清水区になったのか」

「はい。清水市自体が、なくなっちゃいました」

「高校まで、その清水市内の県営住宅に住んでたよ」

「今も帰ったりします？」

「帰りようがない。両親はとっくに死んでて、実家みたいなもんもないから」

「あぁ」

訊こうか訊くまいか迷った。二本めのビールを一口二口と飲む。勢いをつける。訊いてしまう。

「由比でカフェをやろうとしたっていう話を母から聞いたことがありますけど。それ、ほんとですか？」

野口さんはあっさり答える。

「ほんと。懐かしいな。あのころはそんなことばかり言ってたよ。喫茶店をやるだの会社を興すだの。そりゃ尽かされるよな、愛想を」

今は由比にもしゃれたカフェがある。小学校や中学校に近い住宅地にだ。ケーキなんかの評判もいいらしい。東京に出たあとにできたから、僕自身行ったことはないが、母はたまに行くという。

「実際に店を開いてたら、すぐにつぶれてただろうな。借金だけが残って、ひどいことになってたよ。房子が猛反対してくれてよかった。おれ自身のためにも」

「お店は難しいって言いますからね」

「そんなことわかってんのにやろうとするんだから若さってのはこわいよな。いや、若さのせいじゃないか。今だって、いずれ自分で居酒屋をやろう、くらいのことは思ってるし」

野口さんと僕。柿ピーをポリポリ食べ、ビールを飲む。

野口さんは柿ピーの柿のほうを好むようだ。僕はピーのほうを好む。だから野口さんは柿を多めに食べ、僕はピーを多めに食べる。どちらか一方ばかりが残ったりしない。

親子ではない。義理の親子でもない。微妙な関係の二人。だが柿ピーの相性はいい。

ミニテーブルの隅に置いておいたスマホの着信音が鳴る。ＬＩＮＥではない。メール。

画面にこう出ている。

〈日下花子〉

驚いた。連絡は来ないだろうと思っていたのだ。

メールを読む。

〈この前はどうも。さくら先生、新婚生活を楽しんでるかな。太郎くん、近々飲みに行ける？　できればＪＲの東京近辺で〉

飲みの話。本気だったのだ。

日曜日の午前一時半。深夜も深夜だが、メールをくれたのだから、まだ起きているだろう。

「すいません。電話を一本」

野口さんにそう断って立ち上がり、サンダルをつっかけて外に出た。ドアの前というのも何なので、通りにも出る。

意外にも、雨が降っていた。小雨というか、霧雨。

さすがに梅雨だ。天気がすぐに変わる。晴れたと思ったら降っている。止んだと思っても、晴れない。

先に一本メールかなぁ、と思いつつ、電話をかける。呼び出し音を聞きながら、留守電に切り換わったらメールにしよう、と決める。

「もしもし」

「もしもし。花子ちゃん？　ごめん。こんな時間に」

「だいじょうぶ。明日は休みだし。メール見てくれた？」

「見たよ。で、電話のほうが早いかと思って」

「てことは、飲みに行ける？」

「うん」

「誘っておきながら東京近辺でなんて指定しちゃったけど、そうじゃなくてもいいから。太郎くんがそのほうがよければ、新宿とか渋谷でもいいし。何なら太郎くんのアパートに近いほうでもいいよ」

「じゃあ、えーと。仕事、土日休み？」

「うん」

「なら金曜がいいよね？」

「まあ、そうかな。お店は混むかもしれないけど」

妙案を、思いついた。

「例えば神田とか、どう？」

「いいね。会社が上野だから、そこならベスト。太郎くんはいいの？」

「うん。おれも会社から近いし。がんばれば歩いていけるかも。かかっても二十分てとこじゃないかな」

「じゃあ、そうしよう。神田」

「日にちだけど。次の金曜はちょっとあれなんで、その次でもいい？」

「うん。わたしもそのほうがいいかも」

「よかった。じゃあ、次の次の金曜ってことで。時間はどうしよう。駅に七時じゃ、早い？」

「ううん。だいじょうぶ」

「じゃ、七時に、えーと、上野側の改札にしよう。出たところに確かコインロッカーがあったから、その辺りで」

「わかった。七時に改札の外のコインロッカーね」

「うん。じゃあ、電話くれてありがとう。金曜にね」

「金曜に」

言い合って、電話を切った。

話した時間はせいぜい五分。霧雨だから、大して濡れてない。でも何というか、全体的にじんわりと湿っている。だいじょうぶか？　スマホ。

その画面をTシャツの裾で拭い、ドアを開けて部屋に戻る。

あれ、野口さんは？

と思ったら。

横になって寝ていた。

仕事のあとのビール。急に眠気がきたのだろう。五十九歳で午後十一時までの立ち仕事はこたえる。二十五歳だって、こたえる。

足音を潜めていき、もとの位置に座る。何故か体育座り。野口さんの寝顔をそれとなく眺める。

寝顔にも、いろいろある。笑ってるような寝顔の人がいる。苦しそうな寝顔の人もいる。野口さんはどちらでもない。ただ目を閉じている、という感じ。苦しそうでなくてよかった。

鼻からなのか口からなのか、プヒュウ、と息が洩れる。閉じていたまぶたが開く。野口さんは身を起こす。

「おぉ、あぶないあぶない。帰るよ」

「いや、無理ですよ。雨降ってます」

「ほんと？」

「はい。霧雨ではありますけど」

「だったらだいじょうぶ。公園なら、どこかしら屋根もあるし」

「いやいや、無理ですって。いいですよ。泊まっていってください。フトンならもう一組ありますから」

紗由のために買ったフトンだ。でもしかたない。赤いクッションに続いて、それもつかってもらうしかない。

「かまいませんから、寝てってください。始発までじゃなく、普通に朝まででいいですよ。ただ、草野球があるんで、えーと、八時には起きてほしいですけど」

「何、太郎、野球やってんの？」

「やってるというか、やらされてます」

「おれも昔やってたよ。ずっと昔。高校生のころ」

「そうなんですか」

「そう。で、えーと。野球仲間なら、まあ、泊めてもらうか」

「何なら、ビールもう一本飲みますか？」

「うーん。野球仲間なら、まあ、頂くか」

それにはちょっと笑う。

野口さんも笑う。

「ちょうど二本残ってるから、一本ずつ飲みましょう」

姉の父。邪険にはできない。そう言い訳する。

言い訳。誰に？


地下鉄市ケ谷駅を出て少し歩き、坂を上る。

飲食店が立ち並ぶその坂を上って右に折れると、唐突に視界が広がり、大きなオフィスビルが現れる。敷地自体が広いため、いきなり空が広がる。山道を歩いていたら突然平地に出たときのあの感じだ。

さらに進むと、今度は中学校が現れ、その先はもう住宅地になる。車で来たらパニックになりそうな、一方通行路ばかりの住宅地だ。

区で言えば、確か新宿区。坂を上ったのだから、高台は高台だろう。いわゆる山の手。まさに山手線環内なので、土地があり余っているわけではない。一戸建てでも敷地は広くないし、家自体も大きくない。むしろこぢんまりした家が多い。そのなかで、庭付きの家とそうでない家がある。見た感じ、庭付きのほうが少ない。そこは僕の実家周辺と似ている。

で、僕がアプリの地図を頼りにたどり着いた君塚《きみづか》家がどちらだったかと言うと。庭付きだ。しかも広い部類。生垣が僕の背より高い。内側の庭に植えられた樹々はなお高い。刈りこまれ、巧みに整えられたその生垣に遮られて、外から庭は覗けない。

君塚家。君塚紗由の家だ。初めて呼ばれた。招かれた。

これまで、付き合ったカノジョの実家を訪ねたことはない。カノジョの実家を訪ねるのはまさにそういうときだろう、と認識していた。カレシとしてあいさつに行くとき。娘さんを僕にください、みたいなことを言いに行くとき。

もちろん、今日はそれではない。ただ呼ばれたのだ。紗由に。次の次の土曜にでもウチに遊びに来なよ、と。

そう。だから、飲みの件で日下花子に電話をかけたとき、次の金曜はちょっとあれなんで、と言った。翌日の土曜がこれだったのだ。

花子と二人で深酒をするとは思えない。だが体調は整えておきたかった。ちょっとでもアルコールが残った状態で君塚家を訪ねるのはいやだった。娘が連れてきたカレシが昼間からアルコール臭を漂わせていたら、両親は何だと思うだろう。それは避けたい。

午後二時。君塚、の表札のわきにあるインタホンのボタンを押す。

ウィンウォーン。

「はい」

「あの、突然すいません。丸山といいますが」

「タロちゃん、わたし」

「あぁ」

「突然じゃないでしょ。ちゃんと約束してるんだから」

「まあ、そうだけど」

「ちょっと待ってね。今行く」

二十秒ほどして、和風の木の門が開いた。Tシャツに短めのパンツという格好の紗由が出てくる。

「すごいね、タロちゃん。二時ちょうど。ぴったり」

「調整したんだよ、そうなるように」

「別に遅れたってかまわないよ。家なんだから」

「でもやっぱりさ」

「じゃ、入って」紗由はふざけて言う。「いらっしゃいませ、タロちゃん」

タロちゃん。付き合う前の大学時代からそう呼ばれていたが、付き合ってからもそう呼ばれている。結婚したとしても、そう呼ばれそうな気がする。それも悪くないと僕は思っている。例えば子どもの前でも、タロちゃん。いい。

庭の奥まったところに車庫があり、そこに車が駐められていた。一台ではあるが、たぶん、外国車。野球同様、車にも疎いので、車種まではわからない。

玄関のドアから入り、思ったほど広くない三和土でくつを脱ぐ。

廊下に上がると、スリッパを履かされた。夏仕様の、厚ぼったくないそれだ。控えめに小さなロゴマークが描かれている。

居間らしき奥の部屋から、男性と女性が出てきた。おそらくは、紗由の父邦光《くにみつ》さんと、母俊子《としこ》さん。

「お邪魔します」と先に声をかけた。自分が先に、との思いが強すぎ、やけに早口で大きな声になる。

「やあ、どうも。いらっしゃい」と邦光さんが言い、

「太郎くんね？」と俊子さんが言う。

「はい。初めまして。丸山太郎です。紗由さんと、えーと、何ていうか、仲よくさせていただいてます」

「何ていうかって、何よ」と紗由が笑う。「付き合ってます、でいいじゃない」

ご両親と紗由に前後から挟まれ、居間に入る。まずは四人で話すらしい。

その居間も決して広くはない。窓から庭の樹々が見える。空も少し見える。

「タロちゃんはここ」と紗由に言われ、ソファの一つに座る。

隣に紗由が座り、ななめの位置に邦光さんが座る。

邦光さんは、生命保険会社の専務だ。誰でも名前を知っている大きな会社。紗由も今はそこの社員。この家から、日比谷まで通っている。山手線環内から山手線環内に通っているわけだ。

もちろん、口利きはあったろう。紗由もそれを否定しない。いいなぁ、紗由は、と友だちに言われても、わたしもよかった、と普通に言える。聞いたその友だちも笑える。それが紗由だ。惚れますよ、そりゃ。

俊子さんが紅茶を淹《い》れてくれているあいだに、おみやげの紙袋を邦光さんに渡した。会社の名前が入った、紐の持ち手付きの紙袋だ。

「自分の会社のもので申し訳ないですけど。よかったら、これ、どうぞ」

「どうもありがとう」邦光さんは俊子さんの背中に言う。「なあ、太郎くんにおみやげをもらったよ」

「まあ、ご丁寧にすいません」

「いえ、あの、大したものではありませんので」

スパイスやハーブ、それとレトルトカレーを見つくろってきた。前者は、ちょっと高めの有機もの。パウダータイプのスパイスとハーブ。後者は、ウチのレトルトでは一番高い各種プレミアムもの。それと、新商品の『和のカレーやや辛』。

俊子さんが、ティーカップを載せたお盆を運んできた。

「どうぞ。温かいうちに飲んで」

「はい。いただきます」

「どうぞ」

まずは一口飲む。直前に香りがきて、それが味と合わさる。

「おいしいです」

「早いよ」と紗由が笑う。「ほんとにおいしいと思ってる?」

「思ってるよ」

ほんのり甘味がある。そうも思ったが、言わない。的外れだと困るから。

「今度来たときはぜひ食事でも」と邦光さんがうれしいことを言ってくれる。「外に食べに出てもいいし、お母さんにつくってもらってもいい」

「つくりますよ」と俊子さんも続く。「太郎くん、きらいなものはある？」

「ないです」

「じゃあ、何が好き？」

「何でも好きです」

「遠慮しないで何か言いなよ、タロちゃん」

紅茶を飲み終えると、紗由の部屋に行く。

階段を上り、二階へ。

そこは六畳ほどの広さの洋間。ベッドと机と本棚が置かれていた。見るからに女子の部屋、という感じでもない。赤やピンクが少ないからだろう。

座って、と紗由が言うので、ベッドの縁に座る。

紗由自身は机の前のイスに座るのかと思ったら、やはりベッドに座る。僕の隣だ。密着はしない。互いのひじとひじが微かに触れる程度。

「晴れてくれてよかったね」と紗由が言い、

「うん。もうこのまま梅雨が明けてほしいよ」と僕が言う。

「まだ早いよ。渇水のまま夏になっちゃう」

「そうか。それはダメだ」

紗由とは、大学で知り合い、卒業後に付き合った。社会人二年めのときだ。LINEで近況報告をし合っているうちに、会おうとなり、飲みに行った。三度行って、付き合うことになった。その三度で充分だった。学生のころから知っているので。付き合えて、うれしかった。天に昇った。今の会社から内定をもらったときより少し高く昇ったと思う。

そして丸二年が過ぎた。順調だ。付き合いだしたときよりずっと好きになっているし、明日は今日よりもっと好きになっていると確信できる。

僕はこの家に住む自分を想像する。坂を上り下りして茅場町の会社に通う自分を。例えば婿《むこ》入りはせずにこの家で同居。その形もあり得るのかな、と思う。

一方で、こんなことも思う。紗由がこの家を出て僕のアパートに住むわけないな、と。一戸建てからアパートへ、だからではない。市ケ谷から行徳へ、だからでもない。何というか、紗由の基盤はここにあるのだ。その基盤はこれまでも揺るがなかったし、これからもたぶん揺るがない。

「それにしてもさ、すごいとこに住んでるよね」と紗由に言う。

「すごくないよ。家は大きくないし、土地も広くない。普通でしょ」

「普通ではないよ。みんな、住みたくてもこんなとこには住めない」

「わたしはずっとここだから、よくわからない。よそとくらべようがないし。でもさ、タロちゃんの実家のほうがすごいじゃない」

「ん？」

「こないだ、ネットの地図で見たの。グーグルマップだとよくわからなかったけど、アースだとよくわかった。ほんとにすぐ前が海なんだね。で、すぐ後ろが山。家は海岸沿いに固まってた」

すぐ前が海で、すぐ後ろが山。挟まれた狭い平地を、海の側から順に、東名高速道路と国道一号とＪＲ東海道本線が走っている。そして少し離れた山側を、東海道新幹線が走っている。

ＪＲ由比駅の辺りでは、平地と呼べる部分は海から二百メートルほどしかない。そこに家々が集まっている。僕の実家も、そのなかの一つだ。ごく普通の二階建て。庭はない。

そんなだから、どこにいても、近くに山が見える。斜面を登れば、海が見える。日本一深いという駿河《するが》湾。桜えびが獲れる。日本で桜えび漁が行われているのはそこだけだ。

「確かに、変わった地形だと思うよ」

「でも津波が来たら、すぐに避難できるんじゃない？」

「その代わり、地すべりがあるよ」

「地すべり。山くずれみたいなの？」

「それとはちがう。山くずれは一気に斜面がくずれるけど、地すべりは、ゆっくり動いていくんだ。表面はそのままで。家なんかも原形を保ったまま」

「あぁ」

「原形は保ってても、地面が動いたらもう終わりだよね。電線は切れちゃうし、ガスも水道もやられちゃう」

「こわいね、それ。タロちゃんも経験したことあるの？」

「いや、ないよ。昭和四十九年とかそのくらいを最後に、大きい被害は出てないみたい」

「わたしたちが生まれるずっと前だ」

「おれの父親は経験してるよ。もろ地すべりが起きた辺りに住んでたから。今も住んでるけど」

「住んでてだいじょうぶなの？」

「うん。その十何年か前に起きたやつをきっかけに、国が本腰を入れたんだ。大動脈の国道一号と東海道本線が分断されるのはマズいから。で、これはほんとにすごい話なんだけど。その地すべりで出た土砂で浜を埋め立てて、東名高速をつくったんだよね。土砂をよそに運ぶと莫大な費用がかかるし、そこにそれをつくれば港の防波堤にもなるってことで。初めて聞いたときはつくり話かと思ったよ、あまりにもできすぎてて」

「大変な場所なんだね」

「普段は感じないけどね。のどかで、何もないといえば何もないし。でも実家の近くには、地すべり管理センターっていうのがあるよ。いろんなとこにセンサーが設置されてて、二十四時間監視してるらしい」

「地すべりかぁ。こわいね。そういうのがもしここで起きたら、どうなっちゃうんだろ」

「すごいことになるだろうね。まあ、地盤は固いはずだから、起きないだろうけど」

と、こんな話ばかりではない。紗由とは仕事の話もよくする。

僕はスパイスやハーブのことだけでなく、ホワイトペッパーズの話もする。

紗由も生命保険の話をする。

おかげで、僕もようやく保険のことが少しわかってきた。

初めはまったく知らなかった。入社して一ヵ月が過ぎたころ、会社に勧誘の女性が来たが、加入を断ってしまった。今は貯金しといたほうがいいぞ、と安藤さんに言われたからだ。でもそろそろ考えてもいいかな、と今は思っている。例えば結婚するとき、遅くとも子どもができたときには、入るべきだろう。

今日のこれで紗由との距離がまた少し詰まったのを感じ、こんなことを言ってみる。

「こないだ、アパートに、姉ちゃんのお父さんが来たよ」

「お父さん？　タロちゃんのお父さんじゃなく？」

「うん。姉ちゃんのお父さん」

お姉ちゃんと血のつながりが半分しかないことは、紗由も知っている。付き合う前、大学生だったころに話したのだ。姉ちゃんとは半分だけなんだよね、と。軽い感じで、ざっくりと。

今は、がっつり話す。

野口さんが会社に電話をかけてきたこと。アパートを訪ねてきたこと。暮らしが楽ではなさそうなこと。かつては職を何度も替えていたこと。由比でカフェをやると言いだしたこと。ここ数年は居酒屋で働いていること。いずれは自分で店をやろうと思っていること。二人でビールを飲んだこと。野口さんが柿で僕がピーであったこと。野口さんは始発で帰るつもりでいたが、雨が降りだしたので自らすすめて泊めたこと。

唯一、日下花子からメールが来て、電話をしたことは話さなかった。深い意味はない。

それを紗由に言う必要がない、というだけのことだ。

　僕の話を聞いて、紗由はこう言った。

「そういう人って、いるんだね」

「いるだろうね。たくさんいるんじゃないかな」

「たくさんは、いないでしょ」

「まあ、そこまで極端な人はね。でも生活が苦しい人は、たくさんいると思うよ。おれだって、苦しくないとは言えないし。五十九歳でのそれは、キツいだろうな」

　ベッドに座ったまま、窓の外を見る。二階からなので、空が広い。庭の樹々も見えるが、その向こうの建物も見える。

　紗由が初めて自分の部屋に入れてくれたのだ。手ぐらい握ろうかな、と思う。もちろん、それ以上のことはしない。ご両親が下にいるこんなところで、そんな冒険はしない。娘がそんなことを許すとは、お二人も思っていないだろう。僕がそんなことを求めるとも、思っていなければいい。

「居酒屋、やれないんだろうね」と紗由が言う。

　左隣にいる僕の右ひざに左手を載せる。そこにひざがあるから触ってみる、という感じ。

「現実的には、厳しいだろうね」と僕も言う。

「そういうのは、せめて普通の部屋で暮らしてる人が言うことだよね」

「そう、だよね」

「タロちゃんとはもう関係ないんでしょ？　その人」

「法的には、そうなのかな」

「血のつながりも、ないもんね」

「姉ちゃんの父親ではあるけどね」

「でも他人でしょ」

「うん」

紗由の左手が僕の右ひざから離れる。微かには感じていた重みがなくなる。

アパートに二人で住まない？　といきなり言ったら、紗由はどう反応するだろう。

今日この家を見るまでは、好反応を期待していた。だが今は、そんなこと言わなくてよかった、と思っている。

たとえやんわりとでも、拒まれるのは避けたい。

八月　太郎、人と住む

女子とはいえ、小学校中学校の同級生。しかもお姉ちゃんが家庭教師を務めていた、同級生。二人で会ってもおかしくない。静岡から東京に出た僕が、同じく東京に出た静岡の人花子と、これまた東京に出た静岡の人野口さんが働く東京の居酒屋で飲む。ちっともおかしくない。野口さんの目もあるのだから、おかしなことをしようがない。まず僕はほかの誰よりも紗由のことが好きなのだ。おかしなことになるわけがない。

そんなふうに考えて、花子と会った。

実際、場所としての都合は、本当によかった。野口さんの店がそこになくても、神田で飲むことにはしていたかもしれない。

午後七時。ＪＲ神田駅改札の外、コインロッカーの前に、花子はいた。

「お待たせ」

「わたしも今来たとこ。一分も待ってないよ」

二人、店に向かう。

駅からは徒歩二分。場所は調べておいた。ついでにグルメサイトも見た。店の評価は普通だった。普通～の居酒屋さん、と書いてる人もいた。金曜に行きますよ、と電話はしておいた。店にじゃなく、野口さんのガラケーに。

引戸を開けて店に入ると、いらっしゃいませ、と声がかかり、その声を発した野口さん自身が迎えてくれた。黒いハッピを着ている。やや大きめだが、似合っている。

御予約席、との白いプレートが置かれたカウンター席に案内された。一番端の席だ。

奥に花子を入れ、左側に自分が座る。

すぐにおしぼりを渡される。

「さすがに混んでますね」と僕が言い、

「金曜だからな」と野口さんが言う。

「予約、しといてくれたんですね」

「入れなかったら悪いから。で、お飲みものは」

「どうする？」と花子に尋ねる。

「わたしはビールで」

「じゃ、僕も」

「中生でいい？」

「はい」

野口さんがカウンターの内側に向けて声を上げる。

「生二丁《ふた》！」

あらためて店内を見まわす。

広くはない。このカウンター席のほかには、テーブル席と座敷席。まさに普通～の居酒屋さんだ。

中生はすぐに来た。野口さんが持ってきてくれた。お通しの小鉢と一緒にだ。

小鉢の中身は煮物。里芋とにんじんとしいたけ。里芋はいい。一人暮らしだと、そうは食べられない。

花子と二人、メニューを見て、つまみを注文した。大根と水菜のサラダ。だし巻き玉子。牛すじの煮込み。イカの丸焼き。前二つが花子発信、後ろ二つが僕発信だ。

電話をしたとき、野口さんに花子のことは話しておいた。由比で同級生だった子です。お姉ちゃんが家庭教師をしてたので、披露宴にも来てました。で、今度東京で飲もうということになりまして。もちろん、カノジョではないです。

一方、花子には、昨日メールで伝えた。〈明日、七時でだいじょうぶ？〉とのメールが来たので、だいじょうぶと返すついでに、店は居酒屋でいいよね？　と書いておいたのだ。お姉ちゃんの実父が勤めている旨も添えて。

それへの返信はこうだった。

〈居酒屋さん。充分です。さくら先生のお父さん。楽しみです。では明日七時に〉

注文を受けると、野口さんは言った。

「花子ちゃんはさくらの教え子なんだね。そんな人に来てもらえてうれしいよ」

「さくら先生のお父さんのお店に来られて、わたしもうれしいです」

「いやいや。おれはただのアルバイトだから。じゃ、ごゆっくり」

野口さんが去り、僕と花子は乾杯した。ガチンとジョッキを当てる。

「おつかれさま」と言い合い、それぞれにビールを飲む。花子は二口ほど。僕は四口ほど。

「あぁ。おいしい」

「うん。仕事のあとは、ほんと、うまいよね。このために一週間がんばれる。月曜の朝には、もう金曜のビールのことを考えてるよ」

「そこまで？」

「あ、いや。ちょっと大げさに言った。考えるのは水曜ぐらいかな」

「でも早い」と花子が笑う。

しばらくして、野口さんが、大根と水菜のサラダを持ってきてくれた。取り皿をそれぞれの前に置いて、すぐに去る。

僕はあらためて野口さんのことを花子に話した。

実は野口さんも披露宴に来たこと。僕のアパートにも来たこと。だからこの店を知ったこと。野口さんが今は日暮里の寮に住んでいること。

その寮が三畳一間であることは言わなかった。言う前に、野口さんがだし巻き玉子と牛すじの煮込みを持ってきてしまったからだ。

それから、花子が仕事の話をした。

上野にある勤め先。それは貴金属や宝飾品を扱う会社だという。その製造や輸入や販売を行っているのだそうだ。花子が担当するのは販売。要するに、僕と同じ営業だ。

「値段が高いものを売るのは大変そうだね」

「値段は関係ないんじゃないかな。ものを売るのは、それが何であっても大変だよ。太郎くんだって、別に調味料を一本一本売るわけじゃないでしょ？　大きいお店に置いてもらうんであれば、月単位でもかなりの額になるじゃない」

「まあ、そうだけど」

でも花子のほうが大変だと思う。調味料は人が頻繁につかうものだが、貴金属や宝飾品はそうでもない。少なくとも、頻繁には買わない。商品として、そうは動かない。

「太郎くんはさ、今のお給料でやっていける？」

「やっていけないことはないけど、楽ではないかな」

「わたしは相当キツいよ。奨学金を返さなきゃいけないから。わかってはいたんだけど、いざ返済が始まると大変」

お姉ちゃんも利用を検討していたあれ。第二種奨学金とかいうやつ。条件はゆるいが、有利子。お姉ちゃんは断念したそれを、花子は利用したわけだ。母一人娘一人の日下家の場合、丸山家のようなやり方はとれなかったから。

「返済は、何年なの？」

「二十年」

「二十年！」

「わたしの場合、生活費とかもあるから、月十二万もらってたし。今は毎月三万二千いくら返してる。すごいよ。五百七十万ぐらい借りて、七百七十万ぐらい返すことになるの。そこまでして大学に行く必要があったのかって思っちゃう。まあ、わたしの場合、大学に行きたかったっていうよりは、東京に出たかったわけだけど。結局、そうするしかなかったのよね。高卒でいきなり出たって、いい会社には入れないだろうし」

それにしても。七百七十万！

「就職が決まったのはよかったけど、マイナススタートだから、ほんと、大変。そのためにフーゾクでバイトしてる知り合いもいるよ。でも気持ちはわかる。できるなら繰上返還したいもん。二十年は重いよ。ほとんどの子が、結婚するときでもまだ借金があるってことだし。それだけでもう大きなハンデだよね、婚活をしようって人には」

借金の額にも驚いたが、フーゾクという言葉がスルリと出てきたことにも驚く。

「実はわたしもやった」

「え？」

「厳密にはフーゾクじゃないけど。耳かき店」

「耳かき店」

「もちろん、変なことはしない。浴衣を着て、ひざまくらで耳かきをするだけ」

「やったの？」

「やって、一日でやめた。というか、一人めでやめた。うわぁ、無理無理、になって。今はファミレスでバイト。アパートに近い赤羽《あかばね》の店で、土日に」

「じゃあ、明日も？」

「そう。お昼前から」

五日間の仕事がやっと終わったと思ったら、今度はバイト。キツい。

そんなものあるわけないとわかっていながら訊いてみる。

「何か、こう、いいやり方はないの？」

「最近は、負担がかなり大きいっていうんで、その学生を雇った企業が支援するような動きもあるみたいだけど」

「支援ていうのは？」

「上限を決めて一時金を出すとか、月々のお給料にいくらか上乗せするとか、そういう感じなのかな」

「それは、いいよね」

「でもウチじゃ期待できない。大きい会社じゃないし。とてもそこまで手がまわらないよ。その代わり、副業はオーケー。だからバイトもできる」

「そうか」

「奨学金は、もらって終わりじゃない。返さなきゃいけない。そんなのわかってるんだけど。十八歳のときに、返すときのことまでは想像できないのよね。で、返済が始まって、呆然」

そこへまたしても野口さんがやってきた。

「はい、お待たせ」と料理の皿を置く。

「あれ？」とつい言ってしまう。

たぶん、イカのゲソ揚げ。頼んでない。僕が頼んだのは、イカの丸焼きだ。イメージとしては、イカが丸ごと焼かれ、輪切りにされたもの。だがこれはどう見ても足のみ。焼かれてない。揚げられてる。

「え？　まちがった？」と野口さん。

「あ、いえ」すぐに続ける。「いいですいいです」

「まちがいなら正しいのを持ってくるよ。何だっけ」

「いえ、ほんとにいいです。そもそも何でもいいようなもんなんで」

「じゃあ、いい？」

「はい。あ、飲みものをお願いします。僕は、えーと、生で」

「わたしは、梅酒のソーダ割りを」

「中生お代わりと梅酒のソーダ割り。またまちがえたら言って」

そして野口さんは、すいませ～ん、と手を挙げていた座敷のお客のほうへ向かった。

その後ろ姿を見送り、花子が言う。

「丸焼き？」

「うん」

「イカはイカだもんね。桜えびを頼んで川えびが来たら、ちょっとあれだけど」

「でもおれらでなきゃ気づかないかも」

「わたしも気づけないよ」

中生と梅酒のソーダ割りはすぐに届けられた。今回も野口さんの手によってだ。

僕らがいるカウンター席はイスが十ほどだが、ほかにテーブル席が六、座敷席が二。そのホールを野口さん一人でこなすのは、ちょっと厳しい感じがする。

花子が梅酒のソーダ割りを一口飲んで、言う。

「あぁ。それにしても、何か不思議」

「何が？」

「今ここで太郎くんとこうしてることが」

「確かにそうだ」

「こっちに出た誰かと、会ったりしてる？」

「いや、してないね」

「わたしも。会わないようにしてるわけではないけど、会おうとも思わないかな」

「おれは、いいの？　会って」

「いいよ。だって、さくら先生の弟だもん。ほかの子とはちがうよ。わたしを東京に出させてくれた人の、弟だからね」

「出させてくれたその人自身ならともかく、弟って時点で、もうほかの人と何も変わらないような気がするけど」

「そう言わないでよ。こっちは勝手に評価してるんだから」

「評価」

「と言いながら、こっちで由比の人と会ったこともあるんだけどね」

「へぇ。誰？　おれが知ってる女子？」

「太郎くんは知ってる。でも女子じゃない。高田《たかだ》くん」

「え？」

「わたし、高田くんと付き合ってた」

高田くん。敦。

「マジで？　いつ？」

「働くようになってから。今回みたいに、どっちも東京にいるんだから飲もうってことになって。実際、飲んで。それで」

「付き合った、の?」

「うん。知らなかった?」

「知らなかったよ」

「高田くん、話してないんだ。仲よかったよね? 太郎くんと」

「よかったけど。最近は会ってないから。もうおれは正月しか帰らないし。でさ、付き合ってたってことは、えーと」

「別れちゃった。丸一年てとこかな、付き合ったのは」

「だから敦は由比に戻ったとか?」

「そうじゃない。付き合ってたときから、戻りたいとは言ってたし。むしろそれが別れた原因になるのかな。ほら、わたしは、戻るつもりなんてなかったから」

敦は、僕同様、東京の私大に行き、東京で就職した。そして二年で退職し、由比に戻った。

その話は、本人から電話で聞いた。その後、一度も会えてない。今年の正月に実家に帰ったときも会わなかった。敦が仕事だったので。

「そうか。付き合って、別れちゃったのか」

「もったいないよね」

「そう思ってるの？」

「うん。だって高田くん、人はいいじゃない」

「なのに、別れちゃったんだ？」

「そう。何だろう。せっかく東京に出てきたのに地元の人と付き合ってる自分が、ちょっといやだったのかな。高田くんは、すごくよくしてくれたんだけど」

よくするだろう、敦なら。相手がカノジョだからではない。女性だからでもない。誰にだって、よくする。東京に出ても、そこは変わらなかったと思う。

お姉ちゃんも父も母も、敦のことは知ってる。僕の一番の友だちだと認識しているだろう。僕自身、そう認識している。由比の友だちではまちがいなく一番だ。その一番の友だちの恋愛事情を、まったく知らなかったとは。

花子がぽつりと言う。

「由比がいやになったから、借金して東京に出た。でも東京ではそんな。何なんだろ、わたし」

何なのか。答は出ない。花子自身にも出せないだろうし、僕なんかには、なおのこと出せない。何も言ってやれない。代わりにお金を返すこともできない。あらためて、思う。相当恵まれていたのだ。僕も。そして紗由も。

「東京は便利」と花子は続ける。「でも逃げ場がない」

「海とか見えないしね」

「東京湾じゃ、海を見た感じにならないもんね」

「ならないね」

「駿河湾とどこがちがうのよって言われたら、うまく説明できないけど。海があって山もある。山から海を見下ろせる。それって、贅沢といえば贅沢だよね」

「ものすごい贅沢だね」

「なのにタワーマンションから見える夜景をほしがっちゃうのよね、いつの間にか」

「そっちも、そこにしかないものではあるけどね」

「でもわたしが都内のタワーマンションに住めるはずないし」

「それは、わからないでしょ」

「わかるでしょ。借金持ちだよ」

「だけど、ほら、ＩＴ社長と結婚するかもしれない」

「結婚できたとしても。そのＩＴ会社は必ずどこかで破綻して十億円の負債が残る。もうそんなイメージしか持てないよ。いい話なんてどこにもないし、ずっとうまくいくものもない。かといって、地道にやり続ければ報われるわけでもない」

「地道にも、ダメ？」

「地道にやったとしても、会社はつぶれるよ。つぶれるときは簡単につぶれる。どうすればいいのよって思う。って、ごめん。グチ聞かせちゃった。ほんとは、さくら先生のこととか、もっといっぱい話したかったのに」

「東京の話も、悪くはないよ」

「悪くはないけど、今はさくら先生の話のほうがいい」そして花子は半ば無理やり言う。

「きれいだったね、さくら先生」

「うん、とは言いづらいな。弟として」

「すごくきれいだったよ。わたしも青のドレスにしようと思ったもん。でもわたしが着たところで負けちゃうな、さくら先生には」

「負けないでしょ」

「いいよ、弟だからって無理しなくて」

「いや、ほんとに負けないと思うよ。披露宴には呼んでよ。見たいから」

「披露宴。やるときがくるかなぁ」

「それはくるでしょ」

「太郎くん、さっきから根拠がないよ」

花子が笑い、つられて僕も笑う。

根拠はある。花子を好きになる男はたくさんいる。かつて好きだった僕自身がそう思う。それを根拠としてもいいだろう。

「太郎くんはさ、カノジョいるの？」

「いるよ」

「どんな人？」

「大学の同期生。付き合ったのは、卒業してからだけど」

「付き合ってどのくらい？」

「二年ちょいかな」

「へぇ。じゃあ、ちょっとは考えてるの？　結婚」

「うーん。考えてなくは、ないかな」

というそれよりは、もうちょっと考えてる。

「披露宴には、わたしも呼べる？」

「ん？　どういう意味？」

「ほら、友人でも、異性を呼ぶのは微妙じゃない」

「あぁ。それはだいじょうぶだよ。姉ちゃんの教え子だし」

「姉の教え子って、それ、弟が披露宴に呼ぶ理由にはならないんじゃない？」

「でもだいじょうぶ。呼ぶよ。決まってもいないのにこんなことを言うのも何だけど」

「そのときはさ、太郎くんも青いタキシードとか着ちゃいなよ」

「青なんてあるの？」

「あるでしょ。わたしは、淡い青にしてほしいな。さくら先生が着てたあれみたいな。空色っぽい感じの」

「その色のタキシード。似合わなそうだなぁ」

「似合わなかったら似合わなかったで、いい笑い話になるよ」

「新郎がそれもちょっとなぁ」

「新郎なんてそんなもんだよ。そのときは新婦を引き立てなきゃ」

「そういうことなら、ありか」

ガチャン！　という音が聞こえた。カウンターの内側から。明らかに、お皿が割れた音だ。

そちらを見る。近い位置にいたからだろう。こんな声も聞こえてくる。

「おい、ちょっと！　おっさん、何やってんのよ！」

たぶん、まだ二十代。僕と同じか、少し上ぐらいの男だ。今はカウンター内で串ものを焼いている。どうしても野口さん一人でまわらないときは外に出てホール係のようなこともしていた。専門の料理人ではない。料理人はほかにいる。四十代ぐらいの人だ。

「すいません」という硬い声が続く。野口さんだ。

「いい加減にしろよ。皿、足んなくなんぞ。早く下げてこいよ」

カウンター近辺に、いやな空気が流れる。僕にしてみれば、かなりいやな空気だ。お姉ちゃんの披露宴に野口さんが現れた、あのとき以上の。

忙しい金曜日。僕も知っている。金曜の居酒屋は本当に忙しい。注文伝票がどんどんたまっていく。洗いものもどんどんたまっていく。注文をとる余裕がない。空き皿を下げる余裕もない。短気な店員はイライラする。お客には向けられないから、そのイライラを同じ店員に向ける。カウンター内や厨房は、殺伐とした雰囲気になる。

わかる。わかることはわかる。でも。おっさん、はない。二十代のほうが先輩ではあるのだろう。もしかしたら正社員でもあるのかもしれない。だとしても。同僚におっさんはない。それはダメだ。百歩譲って、言葉が荒くなるのはしかたない。命令口調になるのもしかたない。が、呼び名でのおっさんはダメだ。

「ほら、焼きとん上がったから出してこいよ」

「はい」

野口さんがカウンターの外に出てくる。焼きとんの串四本が載せられたお皿を、テーブル席へと運ぶ。

その姿を、見てられなかった。気づいていると知られたくなかった。

男の態度に対して、料理人は何も言わない。とがめない。いつもこうだということだろう。

忙しい。殺伐。おっさん。

野口さん。この扱いで、あの寮か。三畳一間、フロなし、トイレ共用。それで三万。夏。エアコンなし。エアコンなし。窓の外はすぐ建物で、風は入ってこないという。扇風機をつけても、熱風がまわるだけ。効果はないという。

毎年ニュースでやっている。家のなかにいても、熱中症にはなる。それで救急搬送される高齢者も多い。

野口さんはまだ五十九歳。でも五十九歳。だいじょうぶか？　だいじょうぶだとしても。何かツラい。僕が。

「今のは、ちょっとないよね」と小声で花子が言う。

「うん」

失敗だ、と思う。ほかの店にすればよかった。東京には居酒屋なんて数えきれないほどあるのだ。神田に限っても、そうだろう。それなのに、よりにもよって、この店。丸焼きとゲソ揚げ。野口さんの注文聞きとりまちがいを実際に見ているだけに、何とも言えない。百パーセントあの男が悪いとは、言えない。ただ、野口さんに仕事を持たせすぎだろう。もう少し配慮があってもいい。

店を出たのは、午後十時だった。

出がけに、野口さんは言った。

「花子ちゃん、ありがとね」

おっさんの件には何も触れなかった。野口さんも。僕らも。

飲食代は、約六千円。思ったより安かった。

神田駅まで歩き、待ち合わせたコインロッカーの前で別れた。次の約束はしない。

一人になると、東西線の日本橋駅まで、中央通りをゆっくりと歩いた。

野口さんのことが、頭から離れなかった。

披露宴で野口さんの来場をお姉ちゃんに伝えに行こうと決めたとき。野口さんをアパートに泊めようと決めたとき。どちらもそうだった。大事なことを決めるときはいつも酔っていた。

そして今も酔っている。酔った勢いで決めている、ということか。だとしたらよくないな、と思いつつ、決めてしまう。首都高速高架下の日本橋を渡るところで、はっきりと決断する。

野口さんをアパートに住ませる。泊めるのでなく、住ませる。紗由の代わりにというわけでもないが、まあ、それに近い感じで。

行徳で東西線を降り、歩いてアパートに戻ったのが午後十一時。

それから約一時間待って、野口さんに電話をかけた。

「もしもし」

「もしもし。丸山ですけど」

「おぅ。太郎。今日はありがとな」

「こちらこそ、ありがとうございました。料理、どれもおいしかったです。値段も安くて、たすかりました」

「それはおれの手柄じゃないよ。で、何、どうした？」

「今ちょっと話してもだいじょうぶですか？」

「ああ。もう家だから。壁が薄いんで、大きい声では話せないけど」

「野口さん、僕のアパートに住みませんか？」

「ん？　太郎、引っ越すのか？」

「いや、そういうことではなくて。えーと、一緒にってことなんですけど」

「太郎とおれが、一緒に？」

「はい。こないだ見てもらったとおり、部屋は一つ空いてるんで、もしよかったらどうかと」

「何で、おれと？」

「何でってこともないですけど。エアコンなしじゃキツいでしょうし」

「まあ、キツいことはキツいけど」

「部屋の賃貸契約でいつまではいなきゃいけないっていうようなことがないのであれば、どうですか？」

「寮扱いだから、そんなのはないよ。逆にいつこっちがクビになって追い出されるかわからない」

「だったら、ぜひ」

「じゃあ、家賃の三万は太郎に払うよ」

「いや、いいですよ。そんなつもりではないですから」

「ただで住むわけにはいかんだろ」

「ほんとにいいですよ。それじゃ僕が大儲けです」

「じゃあ、二万払う」

「いいですって」

「フロもトイレもエアコンもあって家賃が一万下がる。それだけで、おれにとっては夢みたいな話だよ」

その言葉に、ちょっと悲しくなる。フロもトイレもエアコンもある。僕にはごく普通と思われるその状態が、夢みたい。

「じゃあ、そこはおまかせします。いつからにしますか？」

「荷物なんて何もないから、いつからでもだいじょうぶ。明日、というか今日は仕事だから、日曜に行く」

「はい。日曜に引っ越しということで」

「そんな大げさなもんじゃないよ。おれがただ行くだけ」

大まかな時間を決めて、電話を切った。

言った。言ってしまった。奇妙な高揚感があった。

それはベッドに入ってからも続いた。ようやく眠りに落ちて見た夢のなかでも続いた。

そこでは僕が同棲を提案し、紗由があっさり受け入れた。そして二人でアパートに着いてみると、野口さんがいた。でも夢は夢。そのアパートは、何故か市ヶ谷の高台にあるのだった。

　そして日曜日。

　その日はホワイトペッパーズの練習があった。本当は試合だったのだが、メンバーを九人そろえられなかった相手チームのドタキャンで、急遽《きゅうきょ》、練習になったのだ。

　正午から午後二時。バカみたいに暑かった。ユニフォームを着ているだけで、汗がしたたり落ちた。白でそれだから、黒なら確かに地獄だろう。

　僕は安藤さんのノックを受けた。もちろん、ポロポロやった。だがそこは練習、安心してポロポロやれた。

　センターの秋葉さんが、外野守備についてあれこれ教えてくれた。難しいことは何もない。とにかく打球を見ろ。見失うな。打球を見ずに追うのは、太郎がイチローになってからでいい。

　少しずつだが、打球の速さにも慣れてきた。ゴロもフライも、どうにか半分は捕れるようになった。

　安藤さんにそう言ったら、半分は捕れるじゃなくて半分しか捕れないと言え、と返された。

　ほかの人たちは笑った。人事課長の榎本さんも笑った。でもこいつ、わずかな期間で守備率を五割に上げてきたぞ。よし、高評価。そんなふうに思ってくれることを密かに期待した。

ビールを含む遅めのランチを皆でとって解散し、一人、行徳のアパートに戻ってきたのが午後五時。

その一時間後に、野口さんが引っ越してきた。バッグ一つでだ。

ロゴマークが古いアディダスのスポーツバッグ。色は青。初めはお姉ちゃんが披露宴で着たドレスのような淡い青だったのかもしれないが、今は見事にくすんだ青。

「世話になるよ」と野口さんは言い、

「楽にやってください」と僕が言った。

「で、太郎さ」

「はい」

「やっぱり一万にしてくれるか?」

「はい?」

「家賃」

「あぁ。いいですよ。ほんと、なしでもいいですから」

「いや、一万でいこう。それは払うよ」

ということで、一万。決定。

ここ数年、八月にはイベントがある。紗由の誕生日だ。

三年前が最初だった。そのときはまだ付き合っていなかった。それがきっかけになったのだ。誕生日プレゼントを渡したことが。

付き合ってもいないのに誕生日プレゼントというのもどうなのか、と思いつつ、渡した。友だちとして、軽めのものを。

傘だった。折りたたみ傘だ。梅雨は明け、本格的な夏真っ盛りだというのに、傘。折りたたみなら盗まれることもないだろうし、長くつかってもらえると思って。そう説明した。傘といっても、ブランドもの。一万はした。紗由は喜んでくれた。長く付き合いたいなとも思って、という僕の言葉も、たぶん、喜んでくれた。

「えーと、今の、一応、告白なんだけど、伝わってた?」

「あ、そうなの? 伝わらなかったけど、ほんとにそうならうれしい。タロちゃん、わかりづらいよ」

「うれしいっていうのは、付き合ってもらえるっていうこと?」

「もちろん」

それが最初だ。

紗由の誕生日は、八月十八日。獅子座。かわいい獅子だと思う。

そして今年は四回め。何をあげようか迷った。

ソーラー電波腕時計にした。社会人一年めに実家の父と母にもあげた、あれだ。

二人はどうやらお義理でなく本気でほめたようなので、僕も試しにつかってみた。

時間が狂わない。電池交換が不要。本当によかった。だから今もつかっている。アナログタイプというのか、針タイプのソーラー電波腕時計。大いに気に入ったので、アパートの目覚まし時計もソーラー電波に替えた。こちらはデジタル表示だ。

今や完全に普及したと言っていいソーラー電波腕時計。なかには安いものもある。時計会社製でも、最安なら五千円ぐらいで買える。

だが紗由に五千円というわけにはいかない。三万円。がんばった。お姉ちゃんと亮平さんからの掟破りのご祝儀返しもあったので、がんばれた。

誕生日のあとよりは前だろうということで、十三日の土曜に会った。当日でもよかったが、それだと木曜の夜になってしまう。だったらお休みの日がいいと紗由が言い、そうなった。

神保町のレストランで、午後六時に待ち合わせをした。

レストランといっても、かしこまった店ではない。ハンバーガーレストランだ。結構高いバーガーを出す類。串に貫かれた長身バーガーがお皿に載って出てくるような店。テーブル席に向き合って座り、紗由はアボカドとチーズのバーガーとカシスソーダ、僕はベーコンと玉子のバーガーとビールを頼んだ。

バーガーは調理に時間がかかるとのことで、飲みものを飲みながら、先にプレゼントを渡してしまうことにした。

「はい、これ。五日早いけど、誕生日おめでとう」

「ありがとう。あぁ、二十六。三十が見えてきちゃった」

「まだまだだよ」

「ううん。きっと、あっという間だよ。なった人はみんな言うじゃない、早かったって」

「まあ、そうか」

「開けていい？」

「どうぞ」

紗由が小箱を開けた。

「あ、時計？」

「うん。ソーラー電波腕時計」

「時間が狂わないっていうあれ？」

「そう。電池交換もしなくていい」

僕のと同じ針タイプだ。ベルトは、たぶん、ステンレス。

「紗由が今はめてるのよりはがっしりしてるけど、つかい勝手はいいと思うよ」

「うれしい。ありがとう」

「おれもつかってみてわかった。針で狂わないのって、ほんとにいいんだよ。秒針に合わせて分もきっちり変わってくれるから、見やすいし」

「それは便利だね」

「うん。何で世界中の時計がソーラー電波にならないのか不思議だよ。時計の機能としては、もう、ゴールだよね。狂わない。電池を換えなくていい。その先はないよ。そんな製品を五千円で出せちゃうんだからすごい」

「タロちゃん、絶賛。時計会社の人みたい」

そしてようやくバーガーが到着した。二つ同時にだ。

「串を外したら外したでどうやって食べていいかわからないね」

「両手で持って一気にガブリとはいけないもんな」

などと話しながら、どうにか食べた。うまかった。

付いてきたポテトはポテトで、やはりうまかった。一本が太く、さつま芋みたいにホクホクしていた。タロちゃん、わたしのポテトも何本か食べて、と言われ、食べた。紗由自身が食べたのは二本ぐらいだ。

プレゼントは無事渡した。一応、喜んでもらえた。ノルマを果たしたような気分になった。

順調だ、とあらためて思う。紗由のことは好きだ。紗由と知り合えてよかった。東京に出てきてよかった。

僕が東京に出ようと思ったのは、高一のころだ。静岡と東京。遠いようで近い。新幹線ですぐに帰れる。それがいい理由になった。

就活時も、静岡に戻ることは考えなかった。東京の大学に行っても就職で静岡に戻る者はいる。僕はそうならなかった。

とはいえ、静岡市役所を受けてみることを少しは検討した。両親もお姉ちゃんも、強くではないがそれをすすめた。当然だろう。何せ、父は地元の区役所に勤めている。そのことは僕にとって大きなアドバンテージになっていたはずなのだ。

でも結局は、東京で働くほうを選んだ。

その代わり、安定は求めた。

具体的には、就活で大手ばかりをまわった。会社のことなんて、入ってみなければわからない。大学時代のバイト経験からも、それはわかっていた。だから何よりもまず大手であることを優先した。知名度があり、それなりの歴史もあるところなら簡単にはつぶれないだろう。そう思った。

初めから食品業界に絞ったわけではない。食品会社には名前を知っているところが多いから、自然とそうなった。そのなかで僕でも入れそうなところをいくつもまわった。そして今の会社から内定を得た。

両親もお姉ちゃんも喜んでくれた。カレールウにスパイス。今や実家ではすべてウチの商品を買ってくれている。こないだも、新商品を送っておいた。レトルトの『和のカレーやや辛』。食べた母から電話があった。あれおいしかったよ、ややサチ。笑った。辛と幸を見まちがえたらしい。

今考えればだが。

僕の安定志向は、野口さんに由来する部分も大きい。話を聞いたのは中学生のころ。以後母が何度もその話をしたわけでもない。だが山っ気に満ちた野口さんは、僕に強い印象を残した。そうなっちゃダメだな、と思ったのだ。中学生ながら。

こないだ、市ヶ谷の君塚家を訪ねたときに、野口さんのことを紗由に話した。紗由になら、もう身内のこともすべて話せる。話したい。

だから、今回も野口さんの話をした。野口さんがアパートに住むようになったことを明かした。

「そうなの?」と紗由は少し驚いた。

そこを細かく説明するために、日下花子のことも話した。正直にすべてを。

花子が小学校中学校の同級生であったこと。日下家は母子家庭で、母の峰子さんはホステスさんだったこと。その峰子さんに頼まれて、お姉ちゃんが安い料金で花子の家庭教師を引き受けたこと。お姉ちゃんの披露宴に来てくれた花子と、今度東京で飲もうという話になったこと。実際に飲んだこと。奨学金を返さなければならない花子は、会社勤めのほかにファミレスでバイトもしていること。飲んだ居酒屋で、野口さんが遥かに歳下の店員にぞんざいな扱いをされるのを見てしまったこと。その帰り、野口さんをしばらくアパートに住ませようと思いついたこと。その思いつきを実行したこと。

とにかく、すべてを話した。話さなかったのは、そもそも二間のアパートを借りたのは紗由と同棲するためだった、ということくらいだ。それは省いた。今さら言ってもどうにもならないから。

「そういう店員さんはいやだね」と紗由は言う。「話を聞くだけで、何か悲しくなる」

「うん。自分だって、生きてさえいれば今の野口さんの歳になるのにね。そんなふうには考えないんだろうな」

「でもさ」

その先をすぐには続けない。紗由は最後のポテトを食べる。二本のうちの一本だ。食べて、飲みこみ、やっと口を開く。

「その子のことは、言ってほしかったな」

「ん?」

「その子と飲みに行くことは、言ってほしかった」

「でも、ただの同級生だし」

「ただの同級生でも」

「姉ちゃんの教え子だから、何ていうか、身内みたいなものでもあるし」

「身内みたいなものではあっても、身内ではないよ」

「まあ、そうか。ごめん。話すほどのことでもないかと思って」

「ほんとにそう思った?」

「え？　あぁ、うん。思ったよ」そして言い訳気味に言う。「隠すことでもないから、実際、こうやって話したし」

紗由は黙っていた。二杯めのカシスソーダ、その残りを飲む。

「もちろん、おかしなことは何もなかったよ。紗由がいるのに、そうなるはずがないよね。でも、言わなかったのはごめん。ほんと、ごめん」

「もう行かないでね」

「うん。行かないよ。約束する」

「その子が働いてるファミレスにも行かないでね」

「それは、考えもしなかった。絶対行かない。うそじゃない。誓うよ」

誓う、なんて言葉を初めてつかった。つかったうえで、感じた。

何ともうそ臭く響く言葉だ。つかわなければよかった。

「太郎、炊飯器《すいはんき》を買おう」と野口さんに言われた。

お金を出し合って買おう、というのではない。部屋の備品として太郎が買おう、ということだ。

ほかにもいろいろ買わされている。レンジまわりや床まで拭ける厚手のウェットティッシュとか、スプレータイプの浴室用カビとり剤とか。湿気とりとか、蚊とり器とか。でもそこまでの大ものは初めてだ。

僕は自炊をしないので、炊飯器は持ってない。大学時代からそうだった。

でも米は好き。食べる。

ではどうしているかと言うと、レンジでチンするパックのご飯を買っている。三個で二百円ぐらいのものだ。一食ずつの個別包装なので、ご飯茶碗はいらない。洗う必要もない。一袋分のレトルトカレーをかけてもぎりぎりこぼれないことが判明し、定着した。そのご飯とお惣菜。割高ではあろうが、それで不便はなかった。

なのに、炊飯器。

正直、いらなかった。買うなら自分で買ってほしかった。

最初の一週間で、もうわかった。人と住むのは大変だ。特に、家族でない人と住むのは。しかも。よりにもよって、野口さん。

「おれも太郎も米を食う。なら炊飯器だろ」

ということで、押しきられた。結局、買うことになった。

二万円は覚悟したが、野口さんは八千円ぐらいのものを選んだ。初めからこれと決めてるものがないなら、あるなかで一番安いもの。野口さんのブレない選択に感謝した。

そして今日。日曜の昼。

ちょっと早めの午前十一時に、さっそくその八千円炊飯器で米を炊いてみた。三合炊きで、三合。男二人なら一度で消費してしまう量だ。

仕上がりは上々だった。久しぶりに、炊飯器の蓋《ふた》を開けたときに湯気とともに立ち昇るあの独特の匂いを嗅いだ。といっても、そこまでのあれこれをやってくれたのは野口さん。僕はただ蓋を開けただけ。

自分と紗由のために一応買ってはおいたご飯茶碗を初めてつかった。クッションとフトンに続き、ご飯茶碗も、紗由用を初めてつかったのは野口さんだ。女性用のその小ぶりなご飯茶碗に、ご飯が山のように盛られた。アニメに出てくるご飯みたいで、ちょっと笑った。

そのご飯と納豆とキムチとインスタントみそ汁。それぞれにいただきますを言って、食べた。正月、実家に帰ったとき以来の炊きたてご飯。うまかった。八千円でのこれはありがたい。

「あぁ。やっぱりいいですね」と僕が言い、

「米はうまいよな」と野口さんが言う。

ほめのポイントは微妙にずれたが、広く見れば同じだ。米はうまい。

これまた久しぶりの納豆もうまい。

三個パックのそれと三十六袋入りのインスタントみそ汁は、昨日、駅前の大型スーパーで野口さんが買ってきた。このアパートがある海側とは反対にあるのだが、二十四時間営業なので、野口さんが仕事帰りに寄ったのだ。この辺りではそこが一番安いからと。

一ヵ月の合計額で考えたらバカにならんぞ、太郎。との野口さんの忠告もあり、最近は僕もそちらへ足を延ばすようになっている。実際、安いのだ。まとめ買いをすると、よくわかる。

「おれは納豆とご飯があれば満足だ。毎日同じでいい。充分うまいと思える」

「でも、毎日同じものを食べるのはよくないって言いますよ」

「太郎の歳ならそうかもな。肉も魚も食ったほうがいい。まず何より好きなものを食うべきだ。おれは、もういいんだよ。生きてられる程度に食えればそれでいい」

笑顔で言われたが、ドキッとした。軽い言葉のあとに、どっしり重いものがきた。

昼食をすませると、野口さんが素早く食器を洗った。洗わせたわけではない。自主的に、というか勝手に洗ってくれたのだ。

もちろん、僕も洗うときは洗う。だがたいていは先を越される。フロ掃除に部屋の掃除。何でもそう。

悪いので、当番制にしましょう、と一度言ってみた。が、それほどのことかよ、と返された。やれるやつがやりゃいいだろ。何だよ、たかが二人で当番て。

いい意味でも悪い意味でも、野口さんは家主の僕に遠慮しない。何でも自分のペースでやる。やってしまう。

いつの間にか、ファミレスにまで行っていた。赤羽のファミレス。花子のバイト先だ。ウチの店に来てくれたから、今度はおれが行ってきたよ。と、ついこないだ言われた。神田の居酒屋で、僕がトイレに立ったあいだに花子に聞いていたのだという。そして、行ったのだという。

日曜だから安いランチメニューがなくて困ったそうだ。だから、なかでも安そうなスパゲティミートソースを食べた。久しぶりの洋食、それはそれでうまかった。

花子は野口さんを見て驚いたらしい。そりゃ驚くだろう。僕だって驚く。理由が理由だから、行くなとまでは言えないが、普通行かないでしょ、とは思う。

花子ちゃん、喜んでくれたよ。と野口さんは言った。不安になったので、花子にメールを出してみた。こんな返信が来た。

〈驚いたけど、うれしかったよ。ドリンクバーを勝手にサービスしちゃおうかと思っ

た〉

うそかほんとかわからない。でもまるっきりうそという感じではなかったので、ほっとした。

野口さんには、行くなら言ってくださいよ、と軽めに言った。言うよ、と野口さんも軽く返した。まあ、言わないだろう。

そして暑さもピークの午後一時。僕らはアパートを出た。

行先は同じ。中央区のグラウンド。何と、野口さんが助っ人としてホワイトペッパーズの試合に参加するのだ。

今朝八時、安藤さんからスマホに電話がかかってきた。メンバーが足りないという。ピッチャーの岡部さんが取引先から要請されて休日出勤することは前から聞いていた。それでも、足りなくなることはないはずだった。

そこへさらに二人、欠員が生じた。渋谷《しぶや》さんがまさかの夏カゼをひいたという。原沢《はらさわ》さんは、もっとまさかのヘヴィな二日酔いに見舞われたというのだ。

夏カゼは、まあ、しかたない。三十八度の熱が出てしまったというから、無理はさせられない。でも、二日酔いって。

それで、今日集まれるメンバーは八人。

何とかならないか、太郎。そう言われた。社外のやつでもいい。誰か引っぱってきてくれ。大学のときの友だちとか。その友だちの友だちとか。

僕より若手の赤木くんは引っぱってこられないのか尋ねてみた。

そこはさすが安藤さん、すでに当たっていた。

赤木くんは言ったそうだ。僕は大学が仙台なんで、こっちに友だちがいないんですよ。

「太郎はまだ二十五なんだから、野球ができる知り合いの一人ぐらいいるだろ」

「静岡出身なんで、サッカーができる知り合いしかいませんよ」と、都合のいいことを言って断ろうとした。

「頼むよ、太郎。このままじゃ、こないだウチがされたみたいにドタキャンしなきゃいけなくなる。そんなことしてると、試合を受けてもらえなくなるかもしれない。だからマジで頼むよ、太郎」

安藤さんにしては素直なもの言いが、ちょっと響いたのかもしれない。僕は自分でもまさかの思いつきを口にした。

「若手じゃなくてよければ、いるかもしれません」

「いいよ。若手じゃなくていい。歳は関係ない」

「五十九歳ですよ」

「え？」

「ちょっと待ってください」

隣の和室で朝のストレッチをしていた野口さんに声をかけた。

「ねぇ、野口さん。野球やりませんか？」

「あ？」

「野球、やってもらえませんか？」

「何？」

事情を手短に説明した。

僕もバカではない。野球は未経験の五十九歳に声をかけたりはしない。高校生のころやってたと野口さんが言ってたことを、覚えていたのだ。

「もう動かないよ、体が」

「動いてるじゃないですか」

ストレッチを見ればわかる。五十九歳にしては、体が相当やわらかい。開いて伸ばした足の爪先に、同じく伸ばした手の指先がついている。ついているどころか、手の指で足の指をしっかりとつかんでいる。

「おれでいいのか？」

「ぜひ」

「社員じゃなくてだいじょうぶか？」

「監督兼キャプテンがだいじょうぶだと言ってます」

「そういうことなら」

「いいですか？」

「いいけど。足手まといになるかもしんないぞ」

「そこは心配ないです。僕より足手まといになることはないと思います」

助っ人の誕生を伝えると、安藤さんは大いに喜んだ。

「ナイス、太郎！　入社して一番の大仕事だよ。いつかはやると思ってたけど、まさかここでやるとは。これでお前も、晴れてペッパーズの一員だ」

「これまではちがったんですか？」

安藤さんは笑い、とにかくたすかった、じゃ、二時な、と言って、電話を切った。

野口さんと二人、東西線に乗り、門前仲町で降りる。そこからグラウンドまでは徒歩二十分だ。

八月。真夏も真夏。暑いなんてもんじゃない。外にいるだけで、汗が流れる。したたるという感じではない。もう、ダラダラと流れる。こんななか、何故野球なのか。甲子園球児でもないのに。

自転車通行スペースまで設けられた広い歩道を、野口さんと並んで歩く。

僕同様汗をかいてはいるが、どこか涼しげな顔で、野口さんは言う。

「野球なんて、ほんと、久しぶりだ」

「何年ぶりになります？」

「三十年、だな」

「だとすると。高校の部活以来ということでもないんですか」

「ああ。働いてた清水のスーパーに同じような草野球チームがあったんで、そこでやった」

「清水のスーパーって、もしかして、母と働いてたとこですか？」

「そう。高校を出て、そこに入ったんだ。一年後に房子も入ってきた」

「そうなんですね」

「聞きたくないか、そんなこと」

「いえ。聞きたくないことはないです。お店、由比にもありますよね？　僕の家からはちょっと遠いですけど」

「近くても、房子は行きたくないだろうな。おれとのあれこれを、思いだしちゃうから」

「でも父と行ってますよ、車で」

「ならよかった。まあ、そうか。あの辺は不便だから、いやな思い出がどうとか言ってられないよな。そんなこと言ってたら、買物もできない」

一汗どころか二汗も三汗もかいて、ようやくグラウンドに着く。

TARŌのユニフォームを着せるわけにもいかないので、野口さんには、僕が部屋着にしていたジャージのパンツを貸した。上は自前のTシャツだ。ホワイトペッパーズにふさわしい白の無地。駅前の大型スーパーで、三枚九百八十円だったという。

野口さんのグラブは、安藤さんが用意してくれた。僕にも一つくれたのに、まだストックがあるのだから恐れ入る。

「来ていただけてよかったです。たすかりました。古くて申し訳ないですけど、これ、つかってください。内野手用です」

そう言って、安藤さんは野口さんにグラブを手渡した。手入れが行き届いているせいか、そう古くは見えない茶色のグラブだ。

「ありがとう。このぐらいつかいこまれてるほうがいいよ。手になじむ」

野口さんはグラブをはめ、手のひらにあたる部分を右の拳でトントン叩いた。ちょっとうれしそうに見える。安藤さんも、同じくうれしそうに見える。

いくら経験者とはいえ、五十九歳。しかも三十年ぶりのプレー。大活躍することはないだろうと思っていた。

実際、安藤さんや赤木くんレベルとまではいかなかった。だが野口さんは僕の遥か上をいった。九分の一、いや、それ以上の役割をきちんと果たした。

確かに体力はなかった。そう速くは走れなかったし、そう俊敏には動けなかった。だから守備範囲が広いとは言えない。でも飛んできた打球は確実にさばいた。大げさでなく、エラーは一つもしなかった。

いつも投げている岡部さんがいないので、ピッチャーは安藤さんがやった。相変わらずうまかった。球は速かったし、コントロールもよかった。素人の僕が見ても、岡部さんより上だった。

代わりのショートには、榎本さんが入った。試合前のノックを見ただけで野口さんがやれることはわかったので、何ならショートでどうですか？　と安藤さんは言ったのだが、いや、肩がダメだよ、と野口さん自身が辞退した。そこで榎本さんがそちらへまわり、野口さんはセカンドに入ることになったのだ。

八番セカンド野口。九番ライト太郎。右方向は静岡ラインだな、と安藤さんは言った。

ファーストの根津さんは平塚出身なので、何なら東海道ラインと言うこともできた。

野口さんはセカンドゴロのほとんどを一塁でアウトにし、ランナーがいたときの一つは二塁でアウトにもした。ベースカバーに入ったショートの榎本さんに素早く送球し、ぎりぎりのところでフォースアウトをとったのだ。

それにはちょっと感動した。今朝までこんなことは予想もしなかった。まさか野口さんから人事課長にボールがまわるとは。

僕は僕で、エラーを連発した。半分近くはポロポロやった。

最初のエラーですぐに僕の力量を見極めたらしく、野口さんはいつもの榎本さんのようにフォローにまわってくれた。俊敏には動けないなりに僕に近寄ってきてくれたし、暴投に近い送球もどうにか受け止めてくれた。

打つほうでも、野口さんは見せ場をつくった。

バットってこんなに重かったか？　と相手のキャッチャーをも笑わせながら打席に立ち、ヒットを二本放った。どちらもレフト前ヒットだ。走れないのに流し打ちをすると墓穴を掘るから全部引っぱった、と僕に解説した。下手をすればライトゴロになってしまうから引っぱった、ということだ。

「野口さん、すごいですね」と安藤さんは感心した。

安藤さんだけではない。榎本さん、秋葉さん、根津さん、赤木くん。皆、感心した。

「体力は落ちても、技術は錆《さ》びないんだな。自信になりますよ。草野球は四十代までと思ってたけど、定年までやることにします。何ならそのあともやりますよ。オールドペッパーズ、とかで」

安藤さんがさらにそんなことを言い、ベンチは大いに盛り上がった。野口さんを連れてきたのは太郎のファインプレーだ。人間、どこかで役に立つもんだな。と、僕までもが変なところでほめられた。

そのベンチで、榎本さんと話す機会があった。

野口さんが二本めのレフト前ヒットを放ち、ランナーを一人還して一塁に出た。続く僕は三球で三振してベンチに戻ってきた。榎本さんの隣が空いていたので、そこに座った。

榎本さんは言った。

「いやぁ、ほんと、すごいね」

「はい？」

「野口さん」

「あぁ」

「五十九歳であれはないよ。安藤くんの言うとおりだ。ちゃんとやってた人はちがうね。あの人は、何、丸山くんの親戚？」

「はい。そんなようなもんです」

「静岡の人なんだね」

「そうですね。清水です」

「丸山くんも、清水だっけ」

「今は。最近そうなったんですよ。といっても、えーと、八年前ですけど。もとは由比町で、それが静岡市の清水区に編入されて」

「由比って、桜えびのとこ？」

「そうです。知ってますか？」

「前にテレビで見たよ。何だったかな。えーと、ナントカ丼」

「かき揚げ丼ですね、桜えびの」

「行列ができてたね」

「ゴールデンウィークなんかはすごいですよ。港で桜えびまつりとかやってますし」

「へぇ」

「それ以外は何もないですけど」

「でもいいよね、実家がそういうとこにあるっていうのは」

「そうですね。それは思います。お正月なんかに帰ると、やっぱり落ちつきますし」

「僕は実家が大田区だから、田舎ではないんだけど。何であれ、ほっとするよね、実家に帰ると」

「はい」

そこは自信を持ってそう答える。田舎かどうかは関係ない。誰だって、実家に帰ればほっとする。日下花子は、もしかしたらちがうかもしれないが。

「丸山くんは、いずれそっちに戻りたかったりするの？　ほら、ウチには静岡営業所があるけど」

いきなりそんなことを言われて動揺した。相手は人事課長。どう答えればいい。きっぱりと、戻りません、なのか。ふんわりと、会社の決定にしたがいます、なのか。

「えーと」

「これは別に人事課長として訊いてるわけじゃないからね。個人的に思っただけ。ペッパーズのチームメイトとして」

「あぁ。はい」少し考えて、言う。「静岡に異動になったらそのときは戻りますし、そうでなければ戻らない、んですかね」

異動。静岡に限らない。あり得ないことではない。ウチの場合、遠方への異動は多くない、という程度。なくはない。

例えば紗由と結婚して、その後異動したら。

どうするだろう。紗由も東京を離れる？　僕が単身赴任をする？

初めて現実感をもってそんなことを考える。紗由が東京を離れたくないから僕が単身赴任をする。まさかそれはないだろう。

でも。東京を離れる紗由の姿もうまく想像できない。市ヶ谷のあの家を見てしまったからかもしれない。

次の回も、また次の回も、僕はきちんとエラーをした。ライト前ヒットははじいて二塁打にし、ライトフライは落として三塁打にした。だがはじかないものもあったし、落とさないものもあった。地味ながら進歩はしていた。六歩進んで五歩下がる、くらいの感じで。

ライトの選手はそんなだが、今日もホワイトペッパーズは勝った。

八対七。結果として、野口さんの二本めのレフト前ヒットで入った点が、決勝点となった。最終回に僕のエラーでとられた二点があっての、それだ。

試合を終え、そのあとのグラウンド整備まで終えると、交替でシャワーを浴びた。

お湯にはしない。水。それで充分だった。生き返った感じがした。どんなにエラーをしても、試合後のシャワーは気持ちいい。

そしてさらに気持ちいいものが待っていた。ビールだ。試合後のビール。

月島のもんじゃストリートまで、また汗をかかないようゆっくり歩き、居酒屋に入った。

今日はもんじゃ焼き屋ではない。居酒屋。時間が時間なので、九人でもすんなり入ることができた。日曜とはいえ午後五時前。店が開いてることがすごい。

座敷席。初めの一杯は全員が生ビール。勝利を祝して乾杯した。

「今日は野口さんのおかげです。あと、ちょっとだけ、野口さんを連れてきた太郎のおかげです」

安藤さんのその言葉が音頭となって、それぞれに近くの者とジョッキを当てた。ガチガチガチンとその音が重なる。

徒歩十分で結局汗はかいてしまったが、その分、ビールはうまかった。

「汗がいいスパイスになりますよね」と赤木くんが言い、

「休みなんだからスパイスからは離れようぜ」と根津さんが言う。

皆、食欲は旺盛だった。いつもは納豆の野口さんまでもが旺盛だ。

枝豆、刺身、焼鳥、串かつ。定番メニューがどんどん来て、お皿もジョッキもどんどん空いていく。

いつものように、秋葉さんと根津さんがウーロンハイに切り替えた。その二人は、これからはもうずっとウーロンハイでいく。すごいペースでいく。

いい大人の男九人。安藤さんと秋葉さんは、シャワーを浴びたというのに、まだ上だけはユニフォームを着ている。野球後の打ち上げだと一目でわかる。

「こういうのはいいよ」と隣の野口さんが言う。「この人数で飲むのは何年ぶりだろう。お客として来る居酒屋はいいな」

酔いのせいというよりは日焼けのせいで赤くなった野口さんの顔を見て、何とも言えない気分になる。野口さんが楽しんでくれていることはうれしい。でもその一方で、ちょっと悲しい。

それぞれがトイレに立ったり何だりするうちに、席はあってないようなものになる。僕自身がトイレから戻ってみると、野口さんの反対隣には安藤さんが座っていた。

ちょうど新たなジョッキが届けられる。三つ。安藤さんと野口さんと僕の分だ。

「今日はどうもです。ほんと、たすかりました」

そう言って、安藤さんが自分のジョッキを野口さんのそれにガチンと当てる。

「こっちこそありがとう。久しぶりに楽しめた。また野球ができるとは思わなかったよ」

「いつでも来てくださいよ。ウチはオープンですから」

「中央区の人以外はダメなんじゃないの？」

「それはグラウンドの規定です。そこは、まあ、うまくやりますよ」

「でも、会社のチームだ」

「太郎の関係者だから問題ないですよ。監督の裁量でどうにでもなります。監督、おれですし」そして安藤さんは言う。「野口さん、居酒屋で働いてるんですよね？」

「そう」

「今度行きますよ、太郎と」

「ああ。来てよ」と野口さんはあっさり言う。

微妙だ。僕個人としては、あまり行きたくない。安藤さんにまで、野口さんのあんな姿を見せたくない。安藤さんなら、あの二十代の店員に、お前、歳上にそれはないだろ、と言ってしまうかもしれない。

「今の店は、もう長いんですか？」

「長いねぇ。といっても、三年か。金を貯めて自分の店をやりたいけど、貯まんないよ。

貯まるどころか、毎月、残りもしない」

「野口さんが店をやってくれたら、毎日でも行きますよ。やっぱり太郎と」

「ほんとに来てよ」

それなら微妙ではない。行きたい。自分の店で、二十代におっさん呼ばわりされることはないだろうから。

「どうせなら、野球居酒屋とかにしてくださいよ」

「あぁ、それはいいな。やりたいね、ほんとに」

野口さんが居酒屋をやりたがっているのは事実。

唯一の荷物であるアディダスのスポーツバッグ。あれにも、そのもの『居酒屋をやろう！』という本が入っている。初めての人のための居酒屋開店マニュアル、みたいなものだ。ただし、相当古い。古本屋のワゴンセールで買ったという。買っただけ。読んではいない。でも、持ってる。

今日の野口さんは、気持ちよく酔っている。隣にいるだけで、そのことがわかる。お姉ちゃんの披露宴のときとは明らかにちがう酔い方だ。

安藤さんが反対隣の根津さんとプロ野球の話を始めると、野口さんは僕にこんなことを言う。

「そういや、日比谷の保険屋さんに行ってきたよ」

「はい？」

「紗由ちゃんに保険の話を聞いてきた」

「え？　ほんとですか？」

「ほんと」

「何でですか」

「何でって。聞きたかったからだよ」

「聞きたかったたって。何で聞きたいんですか」

「入ろうと思ったからだよ」

紗由のことは、野口さんに話していた。

太郎、カノジョはいるのか？　と訊かれたから、いますよ、と答えた。すべてそう。訊かれたから、答えた。君塚紗由という名前も。保険会社で働いていることも。今は日比谷の店にいることも。窓口で保険の説明をすることも。

「いつ行ったんですか？」

「先週の、木曜かな。ほら、ウチの店のエアコンが昼間急に壊れて、臨時休業になった日。じゃあ、行っちゃえと思って、行った。神田からだから、歩いて行けたよ」

確かに、店のエアコンがどうのと言っていた日があった。平日はほとんどすれちがいなので、くわしいことは聞かなかったが。

「ああいうのって、一応、予約をして行くもんなんだな。ちょっと待たされたよ。でも、紗由ちゃんに話を聞けた」

「指名したんですか？」

「した」

「できるんですか？」

「できるのかどうか知らんけど。君塚さんて人に聞きたいと言ったら、そうしてくれたよ。説明が丁寧ですごくわかりやすかったと知り合いが言ってた、とうそをついた」

「うそって」

「そうでもしなきゃ、変に思われるだろ」

「そうかもしれないですけど。野口さんとして、行ったんですか？」

「あ？」

「僕の知り合いとして、行ったんですか？」

「ちがうよ。勝手にそんなことはしない」

充分勝手だよ、と思う。いくら何でもやり過ぎだ。僕の生活に立ち入りすぎてる。炊飯器はいい。花子のファミレスも、まあ、いい。でもこれはダメだ。

「まさかそこで紗由ちゃんとか、言ってないですよね？」

「言わないよ。そのくらいはおれも考える」

いや、考えない。考えないから、お姉ちゃんの披露宴にも行ってしまうのだ。紗由の店にも、行ってしまうのだ。

「紗由ちゃん、実際に説明が丁寧で、すごくわかりやすかったよ」

それには返事をしない。できない。

代わりに言う。

「何で今さら保険なんですか」

抑えが利かず、やや強い口調になる。だって払えないでしょ、と本気で言いそうになる。

理由なんかないと思っていた。太郎のカノジョがどんな子か見てやろうとしただけ。まったくの興味本位。そうに決まってる。

ちがった。

予想外の答がきた。

「さくらに少しは金を遺せるかと思って」

それにもやはり返事をしない。できない。

「これからおれにできることなんて、死ぬことぐらいしかないからな。もちろん、自殺はしないけど」

ビールを飲む。ゴクゴク飲む。野口さんがではなく、僕が。

「でも無理だったわ」と野口さんは笑う。「この歳だと、バカみたいに保険料が高いんだ。健康診断も受けなきゃいけないらしい。なら、とうてい無理。何かしら変な結果が出るだろうし」

「出るん、ですか？」とそこは訊いてしまう。

「わからんけど。何か出るだろ。それでも、まあ、あれだ。聞きに行ってよかったよ。おれには無理だと知れたから」

そして野口さんもビールを飲む。

「うめえなぁ」と言う。

誕生日プレゼントのソーラー電波腕時計を渡したときに紗由に言われたのと同じ言葉。もう行かないでください、というその言葉を、僕も飲みこむ。つまみの焼鳥と、三杯めのビールとともに。

九月　太郎、漁港で海を見る

デジャヴかと思う。

また新幹線に乗っている。六月にお姉ちゃんの結婚式と披露宴に出るために乗ったばかりなのに。まだ三ヵ月も経ってない。

前回はひかりで、今回はこだま。静岡に行くならひかり一本でいいが、由比に行くならこだまで三島《みしま》乗り換えになる。静岡までひかりで行って由比に戻ったほうが十五分ほど早い。が、二千円ほど高い。だから三島乗り換え。

その三島には一時間弱で着いた。そこからは普通電車で由比へ。ここが意外に長く、四十分かかる。

働きだしてからは、年に一度、正月にしか帰らないようになっている。だが今年は、お姉ちゃんが結婚したから、すでに二度帰った。まさか三度めがあるとは。

おばあちゃんが亡くなったのだ。肺炎で。

前から体の具合はよくなかった。照夫伯父さんと克代伯母さんと同居していたが、ここ数年は入退院をくり返していた。

入院中だったから、お姉ちゃんの結婚式と披露宴には出られなかった。直前に亡くなったりしていたら、さすがに式や披露宴はやりづらくなっていただろう。やったとしても、引っかかりは残ったはずだ。そこへ野口さんが現れる。照夫伯父さんの怒りは、あの程度ではすまなかったかもしれない。

あのときもおばあちゃんを見舞っておくべきだったな、と今さら思う。正月に見舞ったし、六月も体調はいいようだったから、予定には入れなかったのだ。

照夫伯父さんと父春夫の母。僕の祖母。初江《はつえ》おばあちゃん。八十七歳。ちょうど平均寿命だった。といっても、平均寿命とは○歳の平均余命のことらしいから、同い歳のほかの人たちよりは長生きしたことになる。よかったな、と少しは思う。

今日は実家に泊まることになるので、さすがに着替えを用意した。荷物はスーツ用のガーメントバッグと大きめのショルダーバッグ。大がかりだ。

JR由比駅から十分歩いて実家に戻り、自分のカギで玄関のドアを開ける。誰もいない居間でひと休みすると、スーツに着替え、照夫伯父さん宅に行った。

葬儀の準備はすでに整っていた。葬儀社の人たちが手慣れた様子でてきぱきと動いている。僕が手伝えるようなことは何もなかった。

父と母は先に来ていた。お姉ちゃんと亮平さんもいた。

「お、太郎」と照夫伯父さんが言い、

「おかえり」と克代伯母さんが言った。

「どうも」と僕。「おばあちゃん、残念です」

「まあ、最期は苦しまなかったから」と父。

「ほんと、それが救い」と母。

おばあちゃんの顔を見せてもらった。

穏やか、だった。人柄そのままの優しい顔だ。父よりは照夫伯父さんに似ている。

実際、おばあちゃんはいい人だった。同世代の女性には車の免許を持たない人も多いが、おばあちゃんは持っていた。みかんの出荷などで、軽トラを運転する必要があったからだ。

僕が小学生のころは、雨の日によく車で学校に迎えにきてくれた。あのころはまだおばあちゃんも車を運転してたのだな、と思う。二十年近く前。おばあちゃんは六十代。

太郎は大きくなったら東京に行くかい？　そう訊かれたこともある。行かないよ、と答えた。うそになってしまった。小学校低学年だから、しかたがない。

大学に入るときは、すでに少し体調を悪くしていたおばあちゃんのもとへあいさつに行った。徹夫だけじゃなく、太郎も行っちゃうかい、とおばあちゃんは残念そうに言った。でも、ほら、東京は近いし、と僕は言った。おばあちゃんも、遊びに来なよ。

結局、おばあちゃんは来なかった。体調がよくならなかったせいもある。よくなっても、来なかったかもしれない。

父や母以上に、僕が市役所や区役所の職員になることを望んでいたのが、このおばあちゃんだ。おばあちゃんは最期までこの町の、この土地の人だった。

だからかもしれない。

くり返す。おばあちゃんは、本当にいい人だった。それはまちがいない。

ただ。何というか、僕をひいきしていた。されていた僕自身が感じたくらいだから、されていなかったお姉ちゃんは、より強く感じていただろう。

一度だけ、おばあちゃんは、はっきりと僕に言ったことがある。僕が小学校高学年のころだ。話の流れはもう忘れてしまったが、そこだけは覚えている。

太郎はきちんと血がつながってるからねぇ。

え？　と、子どもながら思った。それ、言っちゃっていいのかな、と。次いで。やっぱりそんなふうに感じてしまうものなんだな、とも。

たぶん、深い意味はなかった。大人なら軽めに苦笑して聞き流す場面だったろう。でも道徳観倫理観を刷りこまれるようになって間もない高学年男子は、聞き流さなかった。対してさくらはどうのと、そんなことまではおばあちゃんも言わなかった。事実、お姉ちゃんのこともかわいがってはいた。だがそれは、身内のかわいい女の子だからかわいがる、という感じでもあった。どう言えばいいだろう。お姉ちゃんとは手をつなぎ、僕のことは抱きしめる。と、そんな具合。

葬儀は、水、木の二日間。しめやかに、そしてスムーズに行われた。途中途中でつけられる照夫伯父さんからの注文にも、葬儀社の人たちは無難に対応した。

照夫伯父さんと父は泣いた。克代伯母さんと母は、ちょっと泣いた。お姉ちゃんと僕は、泣かなかった。僕らが冷たいわけではないと思う。長く一緒に住んでいれば別だが、そうではなく、またすでに未成年でもない孫が、そこで大泣きはしないだろう。

葬儀には、仁也さんと武也さんも来てくれた。桜えび漁師の、笠井親子だ。

襖をとり払って広くした和室での会食の席で、黒ネクタイをゆるめた武也さんがしんみり言った。

「ばあちゃん、亡くなっちゃったか。もうちょっと長生きしても、よかったけどなぁ」

仁也さんが照夫伯父さんの同級生、武也さんもお姉ちゃんの同級生。だからおばあちゃんも武也さんのことは知っていた。武也さんが桜えびを持ってきてくれる。お礼におばあちゃんが甘夏やみかんをあげる。そんなこともよくあった。

お姉ちゃんの披露宴のとき同様、武也さんのグラスにビールを注ぐ。

一口飲んで、武也さんは言う。

「ばあちゃん、丸山の結婚式に出られなかったのは残念だけど、結婚したのを知ることはできたから、よかったよな。心配ごともなくなったろ」

「心配、してました?」

「してたよ。会うたびに、さくらは結婚しないのかねぇって言ってた。じゃあ、おれがもらいますよって言ったら、ほんとにそうしてよ、なんて言ったな。ばあちゃん自身が後押ししてくれりゃよかったのに。って、これは冗談な。お前、本気にすんなよ」

「しませんよ」

とは言ったが。ちょっとする。

お姉ちゃんがその気なら、武也さんもその気になっただろう。もしもおばあちゃんが真剣に武也さんをすすめていたら、お姉ちゃんはどうしていたのか。

おばあちゃんとお姉ちゃんの話はそれにて終了らしく、続いて、武也さんはこんなことを言ってくる。

「山太郎さ、お前んとこ、ワンルーム？」

「はい？」

「アパート」

「あぁ。いえ、二部屋ですよ」

「お、マジで？」

「何ですか？」

「ディズニーランドから近い？」

「わりと近いですかね」

わりとではない。かなり近い。

「じゃ、今度行ったら泊めてくれよ」

「今はちょっと無理です」

「何でよ」

「同居人がいるんで」

「何、女？」

「ではないです」

「隠すなよ」

「男です。ほんとに」

「何だよ。お前、男と住んでんの？　ヤベぇな、それ」

「いや、そういうあれじゃないですよ」

ほうっておくと下卑《げび》た話になりそうなので、先手を打つ。

「武也さん、ディズニーランドに行くってことは、カノジョ、いるんですか？」

「いるよ」

「へぇ」

「へぇ、じゃねえだろ。カノジョぐらいいるっつうの」

「何してる人ですか？」

「キャバクラ嬢。清水の」

「あぁ。付き合ってどのくらいですか？」

「一ヵ月、かな」

まあ、そうだろう。お姉ちゃんの披露宴のときはそんなこと言ってなかったから。

「ただ、どうも二股をかけられてるっぽいんだよな」

「そうなんですか？」

「ああ。相手は東京から来たやつらしい。山太郎みたいなもんだな。いけ好かない感じだよ」

「どうしてわかったんですか？」

「本人が言ったんだよ、そいつと飲みに行ったって」

「うーん」

「うーん、じゃねえよ」

「あの、ちょっと思ったんですけど」

「何」

「それ、付き合ってます？」

「あ？」

「その人、カノジョ、ですか？」

「カノジョだろ。アフター二回行ったし。本人がカノジョだって言うし」

「カノジョだと言った人が、ほかの人と飲みに行ったとも言ったんですか？」

「そう」

「うーん」

「だから、うーん、じゃねえよ」

笠井武也さん。お姉ちゃんと同じ三十二歳。この人、だいじょうぶだろうか。

とは言ってみるものの。

だいじょうぶであることは知ってる。

仕事をするとき、つまり漁に出るときの武也さんはちがう。今とはまったくの別人になるのだ。

それには本当に驚かされる。漁港に足を踏み入れると、武也さんは変わる。変身する。まず無駄口を叩かなくなる。口を開いたとしても、そこからはキャバクラのキャの字も出ない。あらゆるところがきりりと締まり、一漁師になる。

そんなときは、この人、だいじょうぶだろうか、ではなく、この人、カッコいいな、と思う。自分が高校生のころから、もう何度も思っている。今だって、漁港で武也さんと会えば思うと思う。

「けど、あれか」と変身前の武也さんは言う。「山太郎んとこに泊まれないんじゃ、ディズニーは無理か」

「いや、そもそも、そのカノジョさんと僕のとこに泊まること自体が無理ですよ。ホテルに泊まればいいじゃないですか」

「あそこのホテルは高いからな」

「近くにいくらでもホテルはありますよ。ビジネスホテルだって何だって」

「だとしても、新幹線にランドにシーにホテルでいくらだよ。下手すりゃ海外に行けんだろ」

「それは、わかりませんけど」

「やっぱ日本平ぐらいにしとくかなぁ」

日本平。清水エスパルスのスタジアムだ。

「サッカーですか？」

「ああ。あいつもサッカーはきらいじゃないって言うし」

「じゃあ、いいじゃないですか」

「よくねえよ。きらいじゃないってレベルのやつとサッカーを観に行っても、楽しめないんだ」

「僕と行ったときみたいにですか？」

「そう」

「そうって」

「好きな女とは付き合えても、きらいじゃない女とは付き合えないだろ？　好き、と、きらいじゃない、の差はデカいんだよ。桜えびと川えびぐらいちがう」

「だったら、そんなにはちがわないような気が」

「お前、ぶっ飛ばすぞ」と武也さんが笑う。

仕事では厳しいが、こういうところでは笑える。いい人だと思う。披露宴に呼んでくれるなら出たいな、とも思う。新婦がキャバクラ嬢でも、そうでなくても。

空いたグラスにビールを注ごうとすると、武也さんは言った。

「もういい。帰るわ」

ならばと見送りに出た。庭に。

「ばあちゃんのことは残念だった。まあ、気を落とすな。ばあちゃんは、順番どおり、先に逝っただけだから」

「はい。ありがとうございます」

「じゃあな、山太郎。男の同居人とがんばれよ」

「がんばります」

武也さんは去っていく。

僕はすぐには戻らない。庭に立って、家を眺める。改築の際もおばあちゃんの希望で縁側を残した、二階建て和風家屋だ。

父も昔住んでいたこの照夫伯父さん宅は、海側か山側かで言えば、山側。みかん畑に近く、広い庭もあり、家も大きい。だから葬儀もその後の会食もそこで行われた。

海側にある僕の実家だと、そうはいかない。この先、父や母が亡くなったら、どこかのセレモニーホールでやることになるだろう。

この家の主だったおじいちゃんは、僕が二歳のときに亡くなった。だから覚えてはいない。顔も、遺影のそれしか知らない。照夫伯父さんとも父とも、あまり似ていない。性格的には照夫伯父さんに近い人だったと聞いている。誰からって、母から。

こうして照夫伯父さん宅に何時間もいるのは久しぶりだ。正月にはあいさつに来る。でも長居はしない。せいぜい昼食を頂いて終わり。実家から近いだけに、泊まったりはしない。考えてみれば、泊まったのは、中学生のときが最後かもしれない。

小学生のころは、お姉ちゃんと二人でよく遊びに来た。すでにやや苦手としていた照夫伯父さんが畑に出ているすきに来ることもあった。そして克代伯母さんにお菓子だのアイスだのを食べさせてもらうのだ。

実際、この家にはいつも山ほどお菓子やアイスがあった。あとになって、いつ来てもいいようにさくらと太郎の分も買っといてやれ、と照夫伯父さんが克代伯母さんに言っていたのだと知った。

僕が生まれる前からこの庭にある樫の木に寄っていき、ザラザラな幹に触る。

スマホを手に同じく庭に出てきたお姉ちゃんに、声をかけられた。

「何してるの？」

「あぁ。何も」何もってこともないだろうと思い、言う。「何か変わったなぁ、と思って」

「木も、育つからね」

「うん」

「子どものころ、太郎、登ろうとしたよね」

「そうだっけ」

「そう。でも幹に手がまわらなくて、断念」

「登るのは、今でも無理っぽいな。逆に体が大きくなり過ぎて。というか、重くなり過ぎて」

「鉄棒とかそういうの、大人になるとできなくなるもんね」

「うん。蹴上がりとかは、もうできなそうだよ」

「蹴上がりは無理だね。逆上がりぐらいなら、どうにかなりそうだけど」

「体以外は大きくなってないけどね」

「どういう意味？」

「人としてはちっとも大きくなってない」

そうね、とも、そんなことないわよ、とも、お姉ちゃんは言わない。軽い冗談と受けとり、ただ笑うだけだ。

「新居。清水のマンションは、どう？」

「快適。でもここまで駅に近くなくてもよかったねって、彼とは話してる。ちょっと離れればもっと家賃も下がったのにって。彼もわたしも、そこから電車には乗らないわけだし」

そう。二人とも、勤め先が清水。どちらも港の近く。歩いて行ける。お姉ちゃんのほうはちょっと距離があるが、健康のためにと、晴れた日はバスに乗らず、歩く。

掃き出し窓を開け放った和室から、照夫伯父さんの笑い声が聞こえてくる。

そこまでの大声で笑っちゃマズいだろう、と思いつつ、僕も笑う。

お姉ちゃんも笑う。その笑いをゆっくりと収め、言う。

「おばあちゃん、優しかったね」

うん、と簡単にうなずきそうになるが、とどまり、こう尋ねる。

「ほんとにそう思ってる？」

お姉ちゃんは驚いて僕の顔を見る。

「優しく、なかった？」

「僕には優しかったけど」

それだけで意味は伝わったらしい。お姉ちゃんは、少し黙ってから口を開く。

「優しくしようとしてくれたんだから、優しい人だったたってことだよ」そしてこう続ける。「わたし、おばあちゃん、大好きだよ」

「僕も」

理屈はいい。大事なのはそこだ。大好きだったよ、と過去形で言う必要もない。その人が亡くなったとしても、現在形の、大好きだよ、でいい。

「仕事はどう？」とお姉ちゃんに訊かれ、

「可も不可もなし、かな」と答える。

「仕事でのそれは不可っぽい」とお姉ちゃんが再度笑う。

「確かに」と僕も再度笑う。「野球をやらされたりしてるよ」

「野球？」

「草野球」

「あぁ。太郎、できるの？」

「できるつもりだった。体育の授業でソフトボールとかはやってたから。やってみてわかったよ。できなかった」

「体育の授業でソフトボールをやったから野球もできると思っちゃうところがすごいわよ。そのあたりは、お父さんより照夫伯父さんに似てるかも」

「まさか」と言い、足す。「いや、まさかってこともないけど」

「でも、まあ、充実してるんだ」

「充実してるかは、微妙」

「してるでしょ。してなきゃやれないよ、できない野球まで」

「うーん。そういう見方もあるか」

言われてみれば、そのとおり。仕事であれこれ悩んだりしていたら、草野球はやらないだろう。いや、ストレス解消のためにやるかもしれないが、未経験者なのに始めはしないような気がする。

「お金、たすかった。つかわせてもらったよ。炊飯器を買った」

「炊飯器。持ってなかったの？」

「うん」

「食事はきちんとしなよ。同じものばかり食べてちゃダメだからね」

同じものばかり食べる。僕以上にそうしてる人を、一人知ってる。

「納豆は？　納豆なら、体にいいから、いいんじゃない？」

「でも同じものばかりはダメ」

「野口さん」といきなり言ってしまう。

「何?」

「野口さんのこと、亮平さん側の人たちにも話したんでしょ? 披露宴のとき」

「何よ、突然」

「話したん、だよね?」

「話したわよ」

「何て?」

「ただわたしの顔を見に来ただけです、今後関わってくるようなことはありませんて。太郎もいたでしょ? あのとき」

「いや、いなかった」

そう。いなかった。野口さんを追い、一階のロビーに下りていたのだ。

わたしの顔を見に来ただけ。それはいい。そのあと。今後関わってくるようなことはありません。

お姉ちゃんの口から直接聞いて、一気に不安になる。

だいじょうぶだろうか。関わってきては、いないだろうか。

というか。

僕が自ら関わりにいってないだろうか。

居酒屋。寮。炊飯器。ホワイトペッパーズ。

関わりは、結構深い。何せ、同居している。

「お姉ちゃん、あの」

「ん？」

「住んでる」

「何？」

「僕の部屋に。アパートに」

「誰が？」

「えーと、野口さんが」

「え？」

「何ていうか、一緒に」

「暮らしてるっていうこと？」

「まあ、うん」

「何でよ」

「いや、あの、会社に電話がかかってきて。アパートにあいさつに来てくれて。居酒屋で働いてるっていうから、花子ちゃんと飲みに行って」

「花子ちゃん？」

「うん」

「日下花子ちゃん？」

「そう」

「どうして花子ちゃんが？　もしかして、付き合ってるとか？」

「ちがうちがう。どっちも東京にいるから飲もうとなっただけ。ほら、お姉ちゃんの披露宴のときに話して」

「何でその店で会うのよ」

「何か、そこで会うならおかしくないかなぁ、と」

「何でおかしくないのよ」

「いや、だから、僕も花子ちゃんもこっちの人だし、野口さんもこっちの人だし」

「いつから住んでるの？」

「えーと、その居酒屋に行ったあとだから、八月、か」

「まず、何で会社に電話をかけてくるわけ？　何で太郎の勤め先を知ってるの？　わたしは言ってないわよ」

「えーと、あの披露宴のときに、名刺を渡したから」

「名刺？」

「うん。会社の。一応、持ってはいたんだ。ほら、どこで仕事につながるかわかんないから」

「あのとき、名刺を渡す時間なんてなかったじゃない。あの人はすぐ帰ったし」

「追いかけた。で、ちょっと話した。で、名刺を渡した」

「何で追いかけるのよ」

「何か、あのまま帰すのは、あんまりだったから」

「何で名刺を渡すのよ。あの人が仕事相手になりそうに見えた？」

「見えないけど。やっぱり、何もなしっていうのもあれだから」

お姉ちゃんは怒っている。さっきまで笑っていたのがうそみたいだ。

おばあちゃんが亡くなって悲しみ、葬儀が終わってようやく笑い、弟の愚行を知って怒る。一難去ってまた一難。たぶん、あとの一難のほうが、お姉ちゃんにとってはキツい。

喪服の黒のワンピース。その胸の前で腕を組み、お姉ちゃんは言う。

「まあ、それはいいとして。何で住むのよ。住ませてくれって言われたの？」

「いや、僕が言った。部屋が一つ空いてるから、しばらく住めばいいですよって」

そこは少しうそをついた。しばらくとは言ってない。そのつもりではいたが、そんな条件はつけてない。

「だから、何でよ」

「訊いたら、野口さんは店の寮に入ってて、それがフロなしトイレ共用の三畳一間で、なのに月三万とられてて、何だかボラれてるみたいだったから」

最近になって、冷静に考えてみた。

三畳一間とはいえ、日暮里。れっきとした山手線駅。二十三区も二十三区。寮という言葉からついつい格安の学生寮を思い浮かべてしまったが。大してボラれてない。それに関しては、僕の勇み足だったかもしれない。

「だとしても」

「あと、エアコンがないんだよ。風が通らない三畳一間で、エアコンなし。それはキツいでしょ。想像するだけで汗が出るよ」

「想像しなくていいのよ」

「そうだけど。しちゃうよ」

「もしかして、ただで住ませてるの？」

「いや。一万」

「何よ、一万て」

「くれるって言うから」

「そうじゃなくて。少なすぎるじゃない。太郎が住んでる辺りは、月一万円で住めるの？」

「住め、ない。ただ、東京じゃなくて千葉だから、ちょっとは安いよ」

実を言うと、その一万円も、まだもらってない。もちろん、自分からくれと言ったりもしない。そもそもいらないと言っていたのだし。

「しばらくって、いつまでよ」

「それは、考えてなかった」

「考えなよ。しばらく経てばどうにかなると思う？　六十間近のそんな人が、二ヵ月三ヵ月で、もうちょっといい部屋に住むお金ができましたって、なると思う？」

「難しい、だろうけど」

「けど？」

お姉ちゃんにしては容赦がない。追及が厳しい。

「お姉ちゃんも」

「お姉ちゃんも、何?」

「お金を送ったり、してるんでしょ?」

ふっと短く息を吐いて、お姉ちゃんは言う。

「あの人、そんなことまで言ったの?」

「言ったというか、そんな話の流れになって、それで」

「結局は言ったんじゃない」

「言ったけど。言っちゃいけないことでもないよ。野口さんがそれを僕に言うなら、おかしくない。他人にベラベラ言うならおかしいけど、僕に言うなら、ちっともおかしくないよ」

「太郎は無関係なんだから、何もしなくていいの。突き放せばいいの。あの人によくしてやろうなんて、思わなくていい」

「でも」

「でももいい。聞きたくない」

お姉ちゃんは、手にしていたスマホを操作しながら歩きだす。庭から外に出ていく。

電話をかけるつもりらしい。

かける相手は予想できる。僕もついていく。

参った。こんなのは初めてだ。こんなふうにお姉ちゃんとぶつかるのは。

昔から、僕らはお互いに道を譲ってきた。道を譲り合えば、衝突は起きない。譲り合うこともできないほど道が狭いなら、お互いの体がぶつからないよう、ゆっくり進めばいい。そうすれば、並んで歩くこともできる。

お姉ちゃんが結婚したことで、どうにかやりきったと思っていた。ともに丸山姓を名乗る姉弟としてはうまく完結したと。それがまさか。お姉ちゃんが小泉家に嫁いだ今になってぶつかるとは。

外の道路で立ち止まり、お姉ちゃんはスマホで電話をかけた。実際に狭い道。車二台がすれちがうのも難しい道だ。なだらかな坂になっている。なだらかなカーブを描いてもいる。

電話はすぐにつながったらしい。お姉ちゃんがしゃべりだす。

「ねぇ、そういうのはやめてよ！　無関係な太郎を頼ったりしないでよ！」

無関係。二度め。その言葉が、ちょっとこたえる。

亡くなったのが祖父母である場合、忌引は三日もらえる。

それがうまい具合に、水、木、金、になった。何なら土日までつかえる。孫の僕がそこまでつかう必要はないが、由比に残ることにした。せっかくの機会だから、敦と飲もうと思ったのだ。

お姉ちゃんが野口さんに怒りの電話をかけた次の日。金曜。僕も野口さんに電話をかけて、日曜に帰ることを伝えた。

お姉ちゃんの電話については、触れなかった。まず僕がその場にいたことを、言わなかった。もちろん、野口さんも触れなかった。無関係な太郎を頼ったりしないでよ、の無関係な太郎がその場にいたとは思わなかっただろう。

野口さんに電話をかけたそのあと、僕は敦にも電話をかけた。

今由比に帰ってきていることを伝え、今日か明日飲めないかと尋ねた。明日ならいいよ、と敦は答えた。勤務先は予備校だから、土日はあまり関係ない。来校する生徒が増えるのでむしろ忙しい。明日土曜も仕事。だが少し早く出られるのだそうだ。

午後八時にショッピングモール清水駅前銀座の入口。待ち合わせの時間と場所はそう決めた。土曜になってよかったな、と思った。水、木、金。忌引の三日は過ぎる。おばあちゃんも許してくれるだろう。会社への申し訳も立つ。

とはいえ。さすがに土曜の昼間はすることがなかった。

実家の二階にある僕の部屋は、ほぼ東京に出たときのままになっている。本や雑誌もいくつかは残っている。だがすでに読み飽きている。時間つぶしにはならない。

父はこの日も照夫伯父さん宅に行っていた。母はパートだ。朝七時前に出かけていった。僕自身は眠っていたから定かではないが、たぶん、そう。

その母が昼前に帰ってきて、チャーハンをつくってくれた。

母のチャーハン。久しぶりだ。高校までは、いやになるほど食べていた。特に夏休みは、チャーハンとそうめんの嵐になる。その二つを軸に、超短期ローテーションが組まれる。当時はうんざりした。今は懐かしい。

チャーハンの味は変わってなかった。ピーマンを多めにするのが、房子チャーハンの特徴だ。残念ながら、パラッとはしてない。どちらかといえば、ベチャッとしている。でもマズくはない。ねぎと玉子とハムとなるとが入っている。なるとまで入れるあたりに母のこだわりを感じるが、そのこだわりは、米をパラパラさせるほうへは向かってくれない。

中学生や高校生のころは、お姉ちゃんがつくってくれることもあった。母の影響か、お姉ちゃんもなるとを入れた。ピーマンは多くなかった。房子チャーハンよりは、少しパラッとしていた。若い分、パラパラチャーハンへの理解度は高いのだ。でも家だとどうしても火力が弱いから中華屋さんみたいにはできないのよね、と言っていた。

ダイニングテーブルで、母と二人、その非パラパラチャーハンを食べる。

「どう？　久しぶりのおふくろの味は」と母が言う。

「あんまり自分でそういうこと言わないよね」と返す。「それに、チャーハンがおふくろの味っていうのは、どうなの？」

母は笑った。

「おふくろの味は、やっぱり煮物とかでしょ。厚揚げと大根の煮物。あれはうまいよ」

「じゃあ、夜はそれにする？　あとはお魚とかで」

「いや、晩ご飯はいいよ。敦と飲みに行くから」

「あ、そう。高田くん、こっちに戻ったのよね？」

「うん。今は実家に住んでるよ。仕事が落ちついたら、清水でアパートを借りるのかもしれないけど。でも最終的には、実家に戻るんだろうね」

と、文字どおり人ごとのように言ってしまってから、太郎は戻らないの？　と訊かれたら困るな、と思った。話題をかえる。

「あのさ、おばあちゃんが亡くなって四日でパートに出なくてもいいんじゃないの？

疲れてるでしょ。もうちょっと休めばいいのに」

「出てもらえないかって言われたのよ。ニワさんのお孫さん、今日が発表会なんだって」

　ニワさんと言われてもぴんとこないが、そこは飛ばしてこう尋ねる。

「発表会って、何の？」

「ピアノ」

「へぇ。由比にもピアニストがいるんだ」

「そりゃいるわよ。まだ七歳だけど」母は冷たい麦茶を一口飲んで、言う。「まあ、それがなくても仕事には出てたかな。おばあちゃんが亡くなったのは悲しいけど、引きずってもしかたがないし。早めに切り換えて、いつもの生活に戻らないと」

　母は、父と同じ五十八歳。今も、海岸近くにある食品会社でパートをしている。桜えびを中心とした海産物を加工して販売する会社だ。僕が中学生のころに始めたので、もう十年以上になる。近いので、歩いて通っている。六十を過ぎても雇ってくれるなら続ける気でいる。実際、そうなるだろう。なってほしい。

　ピーマンいいな、と思いつつ、僕は言う。

「お母さんはさ」

「うん」

「離婚したじゃない」

「は？　何よ、急に」

「いや、別に意味はないんだけど」

「意味なく言わないでしょ、そんなこと」

「えーと、今後の参考にしようかと思って」

「離婚のことはいいから、まずは結婚のことを考えなさいよ」

「でも、ほら、その二つはつながってるし。で、とにかくさ、離婚したわけだよね」

「はい、しましたよ」

「後悔とか、してる？」

「してないわよ」と母はあっさり言う。「それがあったから、今ここでこうしてられるんだし」

「結果がどうこうじゃなく、離婚したことそのものについては？」

「それは、まあ、ちょっとはしてるわよ。離婚するよりはしないほうがいいから」

「うーん。そうか」

「してなければ、娘の披露宴にいきなり来られて大あわて、なんてこともないしね」

「あぁ。うん」

「太郎も、ああいうことはしちゃダメよ。されたほうは、本当に驚くから」

「しないよ」

「そう。普通、しないのよ。でもあの人はしちゃうの」

「何ていうか、恨んでる？　披露宴のときのことをじゃなく」

「恨んではいないわよ」と母はやはりあっさり言う。「もう時間も経ったしね。何だかんだ言っても、さくらの父親ではあるから。別れた直後はそうもいかなかったけどね。もう二度とわたしの前に現れてくれるなって思ったし」

「思ったんだ？」

「思ったわね。で、こないだは、今現れるの？　って思ったかな」

怒っている感じではない。少しほっとする。ほっとするのも変だよな、と思う。

「結婚するときはね、相手のことをすべて受け入れたつもりで結婚するの。でもいろいろ事情が変わると、すべては受け入れられなくなる。だからって、向こうの責任だとも思ってないわよ。わたしだって、一応、あの人を選んだんだし。その意味では、選挙と同じかな。選んだ側にも責任はあるっていう」

「結婚は選挙と同じ。初めて聞いたよ、それ」

「わたしも初めて言ったわよ。そんなの、考えたこともなかった。ただ、結婚は離婚で終わらすことができるけど、選挙にそれはないからね。そういえば、太郎、ちゃんと選挙行ってる？」

「行って、ないかな」

「ダメよ、行かなきゃ。地元を守ってくれる人を選ぶのは本当に大事なの。特に、ほら、ここみたいに、地すべりの危険があるなんてとこは。何かが起きたときにすぐ動いてくれる人でなきゃ困るでしょ？」

「うん」と素直にうなずく。

「いざというときに頼れるのはそういう人なのよ。ちょっと口やかましいぐらいの人。でも動ける人。例えば照夫伯父さんみたいな」

そこで出てくるか、と思いつつ、やはりうなずく。

離婚の話をしたはずが、結婚の話になり、選挙の話になった。

それはそれで、安心した。要するに、母にとって離婚は大した問題ではないのだ。いや、大した問題でないはずはない。が、過去のことではあるのだ。消化できることではないだろうが、収まるところに収まってはいる。

「もう一つだけ、いい？」

「どうぞ」と母は笑う。

「何で、あの人と結婚したの？」

「何でかしらねぇ。まあ、悪い人ではないのよ。初めは、一緒にいて楽しかったしね」

「職場が同じだったんだよね？」

「そう。清水のスーパー。直接のきっかけは、あれかな」

「何？」

「お店にね、いやなお客さんが来たのよ。賞味期限切れのものを買わされたって、怒鳴りこんできたの」

「クレーマー？」

「というよりは、たかり屋だったのかな。明らかにあやしかった。レシートも持ってないし。でもレジも手打ちの時代だからね、今よりはいろんなことがゆるかったのよ。で、その人、たまたまレジにいたわたしに怒鳴り散らした」

「ほかのお客さんもいたんでしょ？」

「いた。店を困らせようとして、わざと人前で騒いだのね。そしたら、あの人がサッと出てきて、言ったの。期限が切れてたなら謝ります。ですが、レシートがないとお金はお返しできません。そこはご理解ください」

「それで？」

「その一点張り。ずっとそう言いつづけた。言葉は変えてたけど、言ってることは同じ」

「で、どうなったの？」

「根負けした相手が帰っていった。お店の勝ち。ほかのお客さんのなかには、拍手した人もいたわよ」

「それが、結婚のきっかけ？」

「まあ、そうなのかな。自分のためにそんなことをされたら、ちょっとは心も動くでしょ。若かったからね、お母さんも」

「その話、お姉ちゃんにしたことある？」

「ないわよ」

「お父さんには？」

「ない。普通しないでしょ、こんな話。今も、太郎が訊くからしただけ」

なら、訊いてよかった。野口さんに関するいい記憶も、母のなかにはある。それがわかったから、よかった。

「でもそういう人だから、結局は店長とぶつかっちゃってね」

「どういうこと？」

「次の店長が、とにかくお客さんとのもめごとを避けるタイプの人だったの。例えばその賞味期限切れのものが五百円ぐらいなら、お金を返して、これ一度にしてくださいねって言っちゃうような人。で、あの人はそういうのがいやなもんだから、その店長とは何度もぶつかって、最後にはお店をやめちゃった。それが、ちょうどさくらが生まれたばかりのとき」

「あぁ」

「やめてどうするのよって言ったら、どうにかするって言うわけ。あとはもう、前に話したとおりよ。何度も職を替えて、お金もないのに自分でお店をやろうとして」

「由比でカフェ、だ」

「そう。別れたきっかけはそれね。借金してお店を開くと言いだしたこと。お母さんの知り合いにもお金を借りようとしてたのよ、あの人。実際、いくらかは借りてたわね。そのお金はどうにか、つかう前に返した。そのあとで、大ゲンカ。さくらはまだ三歳。もう無理だと思ったわよ」

それは、無理だろう。

母の決断に異を唱える人はいないと思う。

ごちそうさまを言って、僕はチャーハンのスプーンを置いた。

そして久しぶりに由比をぶらついたり清水をぶらついたりしての、午後八時。清水駅前銀座。その入口も入口。大きな看板の真下に、敦はいた。

五分前にはもういたのだと思う。時間をきちんと守る男なのだ。僕が先にいて、あとから敦が来た、ということはほとんどない。

「おぅ」と僕らは同時に言った。

「久しぶり」とこれも重なる。

「悪いね、仕事の日なのに」と僕。

「いや、ちょうどよかったよ。飲みたいとこだったし。昨日から楽しみにしてたよ。太郎と飲めるから」

そんなことを普通に言えるのが敦だ。無理した感じがない。

「どこ行く？」と訊かれたので、

「まかせるよ」と答える。

ここ清水は、敦のホームだ。高校生だったころは僕のホームでもあったが、今はもうちがう。

「じゃあ、新しくできた店にしよう」

敦はアーケード街を奥へと進んだ。そして右側の店に入る。

確かに新しそうな、ちょっとしゃれた店だ。創作ダイニング、と小さく書かれている。

「へぇ。こんな店もあるんだ」

「ちょこちょこできてるよ。前に一度来た。職場の人と」

テーブル席に案内される。それぞれにおしぼりを受けとり、最初の一杯を頼む。ビールだ。ジョッキではなく、グラス。

すぐに届けられたそれで、ついいつものように乾杯しそうになった。

「いや、マズいでしょ」と敦に指摘される。

「ん?」

「だって、ほら、おばあちゃん」

「あぁ。そうだ」

しまった、と思う。本気で悔やむ。

「おばあちゃん、ごめん」と口に出して謝る。「何してんだ、おれ。よかったよ、言ってくれて」

「ということで、乾杯はなしで」と敦。

でも結局はグラスを掲げ、乾杯のようになった。それには目をつぶり、ビールを飲む。

おばあちゃんには申し訳ないが、うまい。

　せっかくの創作ダイニングなのに、豚キムチ炒めやラムチョップや海藻サラダといった非創作ものばかりを頼み、さっそく話をした。

　まずは僕が、お姉ちゃんに訊かれたのとまったく同じことを訊く。

「仕事はどう？」

「まあ、どうにかやってるよ。ようやくちょっと落ちついた。周りには、まだ迷惑をかけてると思うけど」

「それにしても、敦があの予備校に入るとはね。高校時代は通わなかったのに、大学を出てから通うとは」

　僕はそこに通っていたが、敦は通っていなかった。予備校には通わずに、現役で第一志望の大学に受かったのだ。できがちがう。

　敦は、去年東京から戻ってきた。せっかく入った大手広告人材会社を二年でやめたのだ。今はここ清水の予備校で、講師ではなく職員として働いている。広く見れば、関連があるのだろう。前の会社は、就職情報サイトや進学情報サイトの運営もしていたから。

「今の予備校生って、おれらのころとちがう？」

「ちがわないよ。幼く見えるのは、こっちが歳をとったからだし」

「進路指導みたいなこともするんだよね？」

「一応。まだキャリアがないから、相談を受ける程度だけどね」

「この成績でここに受かりますか、とかそういうの？」

「うん。あとは、東京の大学に行きたいんですけど、どうでしょう、とか。そんな相談だとたすかるよ。自分の経験で答えられるから」

「どう答える？」

「広く名前を知られてるような大学なら外れはない。でもどこに行っても、有意義にやれるかどうかは自分次第だよ。と」

「おぉ」

「おぉ、じゃないよ」と敦は笑う。「答にも何にもなってない。一般論も一般論でしょ」

「まあ、そうか」

「といっても、結局はそうなんだと思うよ。大学がある場所は重要じゃない。東京には数があるから魅力的に感じちゃうけど、行ける学校は一つだからね」

「でもあれこれ調べていくと、ここも受けたいあそこも受けたい、になっちゃうんだよね」

「うん。それで引き寄せられちゃう。大学にじゃなく、東京に」

「そうそう」

グラスのビールのお代わりを頼み、予想外に量が多かった豚キムチ炒めを、お皿に取り分けて食べる。

「おれも高三のときは引き寄せられたんだけどさ」と敦が言う。「働いてみて、無理だとわかったよ。東京にずっとは住めないなって」

「戻ってよかった？」

「よかった。何か落ちつける。戻ってみて、この辺りはちょっと寂れたな、とは思ったけど」

それは僕も思った。待ち合わせの前にぶらぶらしたときも感じた。この駅前銀座をとってみても、シャッターを下ろしている店は増えた。

だからこそ、この手の店がオープンしているのは意外だった。

穏やかななかにも活気があって、店の雰囲気はとてもいい。例えば野口さんの店とくらべると、こちらは広い。カウンター席もテーブル席も、余裕をもって配置されている。

土曜日の夜。満席ではないが、お客もそれなりに入っている。二十代三十代が多いが、四十代五十代もいる。各世代が一つの空間に収まっていることに違和感がない。

店員も若い。やはり広いカウンターのなかにいる店長っぽい人さえ若い。野口さん世代の店員はいないが、いても、おっさんと言われたりはしないだろう。そんな安心感がある。

　野口さん。本当に、この辺りで居酒屋をやれないだろうか。

「太郎はどうなの？」

「ん？」

「仕事」

「あぁ。可も不可もなし、かな」と、今度はお姉ちゃんに言ったのと同じことを言う。

　仕事でのそれは不可っぽい、とお姉ちゃんは言ったが、敦の反応はこうだ。

「てことは、可だね。うまくいってない人は、そんな言い方はしないから」

「そうかなぁ」

「そうでしょ」

「草野球チームに入れられたりして、結構大変なんだけど」

「でも太郎は、学校のソフトボールとか、うまかったよね。いつも、うまいなと思ってたよ。おれなんかは、ほら、ライトで九番だったから」

「今のおれがまさにそれだよ。ライトで九番。いや、打てない打てない。守れない守れない。部活とかでちゃんとやってた人は、みんな、うまいよ。課長クラスの歳でも、うまい」

「おれもさ、こっちに戻ってきて、職場の先輩に誘われたよ。高田くん、草野球やろうよって」

「誘われて、どうした？」

「断ったよ。僕は全然ダメですからって」

「おれもそう言ったんだけどな」

「断るときは、本気で断らなきゃ」

「うーん。そうか」

本気で断ったつもりではいた。が、百パーの本気ではなかったのかもしれない。そこをつけこまれたのだ。百パーの本気で僕をチームに入れにかかった安藤さんに。

「じゃあ、生保のカノジョはどう？」

「まあまあ、かな」

「可も不可もなし、ではないわけだ。仕事以上に順調ってことか」

それからは、紗由の話になった。市ヶ谷の自宅を訪ねたこと。ソーラー電波腕時計をあげたこと。あれこれ話した。

敦と僕、グラスのビールを四杯ずつ飲んだ。

締めには、店長のおすすめだという冷やし茶漬けを食べた。冷やし茶漬けって、要するに手抜きじゃないのか、と思ったが、これがうまかった。悔しいが、昼に食べた房子チャーハンの遥か上をいっていた。

午後十時。店を出て、閑散とした駅前銀座を歩き、駅に戻って電車に乗った。

由比までは二駅なので、空いてはいるが、座らない。

「そういえば。お姉さん、おめでとう」と敦が言う。

「どうも」

「そういえば、なんて言っちゃいけないな。おれの初恋の人なのに」

「は？　そうなの？」

「うん。きれいな人だなぁ、と思ったよ。きれいなだけじゃなくて、遊びに行くといつも親切にしてくれたし。好きだったというよりは、憧れてたという感じかな」

「まあ、歳が六つちがうしね」

「おれらが小六のときで高三か」

「小六のころだったわけ？　初恋」

「そう。ほら、太郎と一緒に文化祭を見に行ったよね？　あれが効いたんだ」

「効いたって？」

「ウェイトレスのさくらさんが、飲みものをおごってくれた。きれいと親切。両方がいっぺんにきた」

「あぁ」

「太郎はいつ？　初恋」

「うーん。小一」

「早いな。相手は誰？」

「えーと、忘れた」

「忘れないでしょ、普通」

普通、忘れない。僕も忘れてない。言えないだけだ。日下花子だから。

由比に着き、電車を降りる。初恋の話はそれで終わりになった。じき二十六歳になる男二人が長々とする話でもない。

駅を出ると、僕は左に行き、敦は右に行く。家の方角がちがうのだ。小学校と中学校は敦の側にある。敦の家からだと、どちらへも五分ぐらいで行けた。その代わり、駅までは十五分かかる。

「太郎、もう帰る？」

「ん？」

「いや、缶ビールをあと一本ぐらい飲んでもいいかと思って」

「明日、仕事でしょ？」

「そうだけど。午後からだし」

「じゃあ、そうする？」

「うん」

「どこで飲もう」

「港とか」

港。由比漁港だ。

「ビールはどうする？」

「コンビニかな」

そんなわけで、コンビニ経由で由比漁港に向かった。

といっても、ここは由比。駅前にコンビニがない。とても経由とは言えない。遠まわり、大まわりだ。駅から港までは歩いてすぐだが、コンビニまでは十分強。そこから戻るので、計二十分。そこそこの散歩だ。だが酔いを醒ますにはちょうどいい。ビールを飲むために酔い醒まし。何それ。

追加を買いに行くのは容易ではないので、ビールは初めから五百ミリリットル缶。つまみは柿ピーにした。例の六袋詰のやつだ。

夜の道は暗い。コンビニの前を走る県道でも、街灯の数は多くない。そこが東京とはちがうところだ。明るさが続かない。

細い道に折れて、東海道本線と国道一号をくぐり、港に出る。

港といっても、漁港。清水港のように広くはない。そこに小さな漁船が整然と並ぶ。

岸壁に立つと、目の前に駿河湾がグワーッと広が、らない。

東名高速道路によって、視界は遮られる。漁港は国道一号と東名高速に挟まれている。東名高速によって守られていると言ってもいい。それが防波堤になっているのだ。漁船はまず右手に進み、その東名高速をくぐって出港する。

今は桜えびの禁漁期。夜の港は静かだ。人は誰もいない。

漁船にイタズラをしに来たと思われては困るので、僕と敦はそれらがつながれていないところへ行き、岸壁に佇《たたず》む。柵などない。数歩前に出るだけで、ぼちゃんと水に落ちることができる。

赤茶色の係船柱が数メートルおきにいくつもある。船をロープでつなぎ留めるための金属柱。ネス湖から首だけ出したネッシーのような形状のあれだ。

そこに腰掛けようかと思ったが、やめておく。仁也さんや武也さんほか、漁師さんたちに失礼になるような気がしたからだ。

敦と二人、路面に座る。直に。

そしてタブをクシッと開け、互いの缶をカツンと当てる。

「あ、乾杯しちゃった」と敦が言い、

「もういいよ」と僕が言う。

いいよね？　おばあちゃん。と、心のなかで問いかける。返事はないが、黙認、と都合よくとらえる。

漁港もやはり暗いが、闇に包まれてはいない。背後の国道一号の照明で、うっすらと明るい。東名高速の高架壁面に『地震だ！　津波だ！　それ逃げろ』と書かれているのが見える。

国民全員が津波の恐ろしさをいやというほど知らされた今、あの東名高速がなくて波が直接襲いかかってきたらこわいな、と思う。二百メートルも後退すれば高地とはいえ、いきなり来られたらひとたまりもないだろう。

外を十分近く歩いてきたせいか、缶ビールは早くも冷え冷えではなくなっている。でもうまい。のかよくわからない。でも飲む。

柿ピーのビニールパッケージを破り、小袋を一つ敦に渡す。僕自身も一つを開け、食べる。

まだ昼は暑いが、さすがにこの時間になるとそうでもない。半袖一枚でちょうどいい。敦と二人、しばらくは黙って缶ビールを飲む。

車の走る音は、聞こうとすれば聞こえる。その程度。うるさくはない。二つの大きな道路に挟まれていながら、静かだとの印象のほうが強い。

「何もないんだけどさ」と敦が言う。「でも、何もないってことが、こっちにはあるんだよね。ほんと、不思議だよ。前は海で後ろは山。空間ていう空間はないはずなのに、でもやっぱり、あるんだ」

「あるね」とすんなり同意する。

酔っていることもあって、うまく理屈を組み立てられないが。ある。それは、ある。

ここは内港。浜ではないから、波は打ち寄せない。ザッパーンもないし、シャバシャバもない。

この港のもう少し清水寄り、僕の実家に近い辺りは、昔、浜だったらしい。父と母がそう言っていた。五十年以上前の話だ。

例の地すべりの土砂をつかって浜は埋め立てられ、東名高速道路ができた。

そうなる前に、海岸お別れ海水浴大会、由比浜さよなら子ども大会、みたいなものが開かれた。

父と母は、当時五歳。ともに参加した。母は、そんなのがあったような気はする、という程度には覚えている。家が近かった父は、その行事だけでなく、浜の感じまで覚えているそうだ。

浜を失う子どもたちのために、プールや遊び場がつくられた。プールの一つは、僕の実家の近くにある。子どものころはそこで泳いだ。

だがそのプールも、老朽化のせいか、去年は開放されなかったようだ。一つが終わり、次の一つも終わる。時間は経ってしまう。

「太郎の初恋、花子でしょ」と敦がいきなり言う。

「え?」

「初恋の相手。日下花子でしょ」

「何で?」

「男子の半分は、たぶん、そうだったから。いや、半分は大げさか。でも二割か三割は、そうだったんじゃないかな」

「まあ、そうかも」

「じゃあ、当たり?」

「うーん。外れではないかな」

「実はさ、おれ、花子と付き合ったよ。東京で」

「え？」

演技ではない。本当に驚いた。敦がこのタイミングで自ら言いだしたことに。

「でも、別れた」

「実はさ、知ってたよ」と僕も言う。

「ん？」

「花子ちゃんと飲んだんだ。東京で」

「何だ、そうなのか。なら言ってよ」

「いや、ほら、別れたっていうから、おれが言うのもどうかと思って」

「飲んだっていうのは、二人で？」

「うん。でも別に変な意味じゃないよ。花子ちゃんが姉ちゃんの披露宴に来てくれたから、今度東京で飲もうって話をして、飲んだ」

「変な意味があったとしても、それはそれでいいよ。おれらはもう別れてる」

「何で別れたの？」

「花子はどう言ってた？」

「うーん。はっきりとは言わなかったかな。敦はこっちに戻りたかったけど、自分は戻りたくなかった。そのくらい」

「それがほぼすべてだよ。仲たがいをしたわけじゃないけど、そこは大きいからね。そんな二人じゃ、先は見えないわけだし」

先。結婚。

「今でも、好きは好きなんだよ。というか、別れてこっちに帰ってきてからのほうが、むしろ好きになってる。気がつくと考えてるよ、花子のことを」

敦はビールをグビグビッと飲む。続ける。

「それでさ、変なことまで思いだすんだよ。そう。それこそ小学校でソフトボールをやってたとき。花子と並んで試合を見てて、おれが言ったんだよね。太郎はうまいなって。ちょうどヒットを打ったから。そしたら、花子が言うんだ。高田くんは勉強ができるじゃない、わたしはバカだから勉強ができるのはうらやましいよって。何か余計みじめな気持ちになったよ。勉強ができるよりスポーツができるほうがいいとおれは思ってたから。でも、一方ではうれしいんだ。花子が本気でほめてくれてることもわかったから」

「花子ちゃん、奨学金の返済で、結構大変みたいね」

「うん。額を聞いて、おれも驚いた。奨学金なんだからせめて利子はなしでもって思うけど、それじゃまわらないんだろうな」

「月から金は会社で、土日はバイト。キツいよね」

「肩代わりとか、できればよかったんだけどなぁ。でもおれはおれで仕事やめたりしてるし。自分の小ささを感じるよ。その意味でも、おれに東京は大きすぎた」

そんなことはないと思う。質がちがっただけだ。敦は水で、東京は油。敦が人として小さかったら、僕なんかは相当ヤバい。ほとんど微生物レベルだ。

ビールの缶が空く。結局、五百ミリリットルを飲み干してしまった。

座ったまま、缶を路面に置く。重みがないため、カランと倒れる。海のほうへ転がるので、あわてて止める。

空き缶を落としたりしたら、武也さんに怒られてしまう。怒られないとしても、僕自身がいやな気分になる。

誰だって、そうだろう。地元の海を汚したくはない。海だけじゃなく、地元は汚したくない。穢《けが》したくない。

「行こうか」と僕が言い、

「うん」と敦が言う。

漁港を出て、県道で別れた。左右にだ。

柿ピーの残り四袋は敦に持たせた。正月にまた飲もう、と約束した。寒いから、港ではなくどちらかの家で、と。

由比駅の前を素通りして家に帰ったのが、午前〇時。

母はすでに寝ていたが、父はまだ起きていた。パジャマ姿。寝ようとしていたところらしい。

「清水で飲んだのか？」と訊かれ、

「うん。あと、港でも」と答えた。

「清水の？」

「いや、こっちの。由比の」

「かなり飲んだのか？」

「かなり飲んだ、かな」

ほどほどにしておけよ、と言われるかと思ったが、ちがった。

「まあ、友だちと会ったんならな」

二階に上がる。自分の部屋に行くつもりだったが、気が変わり、お姉ちゃんの部屋に入った。

蛍光灯をつける。暗いところに長くいたせいか、明るすぎて、ちょっと目が痛い。ひもを二度引き、豆電球にする。

僕の部屋とちがい、ものがほとんどなくなった、お姉ちゃんの部屋。目につくのは、ベッドと机だけ。ベッドにフトンはない。ガランとして、何か寂しい。

僕は東京に出たが、丸山家を出たわけではない。

お姉ちゃんは清水に移っただけだが、丸山家を出た。不穏なことがない限り、もうここへ戻ることはない。

ベッドの縁に座る。

誰かが階段を上がってくる。

時間も時間。足音を潜めてはいるが、父だとわかる。音だけで、家族は皆わかる。父も、母も、お姉ちゃんも。

父はまず僕の部屋に行き、それからこちらに来る。

「何だ、こっちか。どうした？　暗くして」

「いや、何か」どう説明していいかわからず、言う。「お姉ちゃん、いなくなっちゃったなぁ、と思って」

「あぁ」

「まあ、僕自身、とっくにいなかったわけだけど」

「そうだなぁ」父は感慨深げに言う。「さくらは、ずっといたんだもんなぁ」

ずっといた。が、生まれてからずっとではない。四歳のときからだ。母が野口さんと離婚し、父と再婚してから。

だがその四年を差し引いても、この家にいた時間は僕より長い。僕は十八年。お姉ちゃんは二十七年。そう。血のつながりはないが、お姉ちゃんは父と二十七年も一緒に暮らしたのだ。

人二人分ほどの間を空けて、父が僕の隣に座る。ちょうど母とお姉ちゃんが入れるくらいの間だ。

「何か用だった？」と尋ねる。

「太郎は」と父は言う。「帰ってはこないんだよな？」

「何、いきなり」

どう返事をしよう、と思う。一言で言ってしまえば、帰ってはこないよ、になる。でもさすがにその一言ではすませられない。

「帰ってこいと言ってるわけじゃないんだよ。太郎はもう向こうでちゃんと働いてるし、こっちにはさくらもいてくれる。ただ、太郎自身がどうするつもりでいるのかは、一度訊いておこうと思ってな。話せる機会も、そうはないから」

つまり、父はまだ僕が帰ってくる可能性もあると思っていたわけだ。例えば敦のように。

初めて考えてみる。僕は、この由比に帰ってくることがあるのだろうか。

会社をクビになる。自ら退職する。望郷の念に駆られる。東京がきらいになる。理由はいろいろある。どれも可能性がゼロではない。それを言いだしたら、北海道や沖縄に移り住む可能性だって、パリやロンドンに移り住む可能性だって、ゼロではないが。

「東京は、どうだ？」

「どうってことはないけど。便利は便利だよ。どこにでもコンビニがあるし、どこにでも駅がある」

「そうなんだろうな」

「家賃と物価は高いけどね。桜えびはほとんど見かけないし」

「さすがの桜えびも、箱根の関は越えられないか」と言って、父が笑う。

僕も、ちょっと笑う。

「さくらはな、本当は、太郎に残ってほしかったんだ」

「お姉ちゃんが？　お母さんがじゃなく？」

「ああ。さくらが」

「でも、東京行きに賛成してくれたよ。受ける大学のことなんかも調べてくれたし」

「太郎が行きたがったから、後押ししたんだ」

「何で残ってほしかったわけ？」

「長男だからだよ。いやな言い方なのを承知で言うと、血のつながった長男だから、だな。丸山家としての体面を考えてくれたんだ」

血のつながらない長女が残っても意味はない。でも僕が東京に行きたいなら自分は残る。ということ？

「いやだよなぁ、そういうの。でも残念ながら、ここいらの古い人間はそんな見方をする。ここいらに限らず、古い人間はそんな見方をする。お父さんの同級生にもいるよ。息子は東京や名古屋には行かせない、なんていうのが」

いるだろう。実際、就職は静岡でするのを条件に、東京の大学に行かせてもらった友だちがいる。

「さくらが就職するときな、お父さんは言ったんだ。一般職じゃなく、総合職にしたほうがいいんじゃないかって。さくらは言ったよ。それだと県外への異動もあるし、もしかしたら太郎が東京に行くかもしれないからって」

「あぁ。そうなんだ」としか言えない。

「だから、太郎は東京でがんばれ。こっちのことは考えなくていいから、まずは自分のことだけ考えて、がんばれ。で、もしも帰りたくなったら、そのときは帰ってこい」

つまりそういうこと。父は、僕が帰るのか帰らないのかを知りたかったわけではない。帰らせたかったわけでもない。僕に何か訊きたかったのではなく、それを言いたかったのだ。

「さくらはお父さんの自慢の娘だよ。こんなこと、もう二度と言わないから、忘れないでくれ」

「それ、お姉ちゃん自身には言った？」

「言わないよ。本人に言ったら、わざとらしいだろ」

「だとしてもさ、言えばいいんじゃない？　古い人間たちの見方を変えるためにも」

「うーん。まあ、いつかな」

主がいないお姉ちゃんの部屋で、父とこんな話をするとは思わなかった。豆電球にしておいてよかった。明るかったら、かなり恥ずかしかっただろう。話自体、できなかったかもしれない。

「さて、もう寝るか」と父が言い、

「寝よう」と僕が言う。

「明日、帰るんだろ?」

「うん。四日もいたから、早めの新幹線で行くよ」

「次は正月か?」

「たぶん」

明日、由比を出る前に、どこかの店で久しぶりに桜えびのかき揚げ丼を食べようかな、と思う。中学生のときにかき揚げを食べすぎて吐いてからは、ほとんど食べてなかったのだ。

かき揚げには、これでもかとばかりに桜えびが詰まってる。かき揚げ一枚に何匹いるんだ、桜えび、といつも思う。

東京にはうまいかき揚げ丼がない。

由比には、それがあるのだ。

東京にはないものがある。すごいことだ。

敦もそう思っていると思う。

願わくば。花子にもそう思ってほしい。

ここ数年、九月にもイベントがある。僕の誕生日だ。

これも三年前が最初だった。そのときはもう紗由と付き合っていた。あれがきっかけになったのだ。八月に僕が渡した誕生日プレゼントが。

期待しなかったと言えばうそになるが、ものすごく期待したわけでもなかった。紗由にプレゼントを渡したのは、それをきっかけに付き合いたいとの思いもあったから。その願いが叶っただけで、ある程度満足していた。

それだけに、うれしかった。紗由は事前に匂わせたりしなかった。付き合うようになっていたのだから、僕の誕生日がいつかは知っていたが、楽しみにしててね、とは言わなかった。いつものように週末に会う。その感じだった。

紗由がくれたのは、何と、傘だ。僕が折りたたみ傘をあげたのに対して、長傘。英国ブランドのものだ。服のブランドがアイテムの一つとして出した傘ではなく、傘のブランドが主力商品として出した傘。

待ち合わせ場所は、コレド日本橋だった。買物をして、ご飯を食べることになっていた。地下鉄と直結の出入口。そこにやってきた紗由は、はい、といきなりそれを差しだした。形状から一目で傘とわかってしまうので、そうするしかなかったのだ。

「タロちゃんはいつもビニール傘だから、これつかって」

「高いんじゃないの？」

「そんなでもないよ」

恥ずかしながら、あとで調べてみると。三万円ぐらいすることがわかった。げげっ、と声が出た。三万！　傘に三万！

僕がいつもつかっているビニール傘は、二百円か三百円、高くても五百円止まりだ。外で雨に降られるたびに新しいのを買う。だからどんどんたまっていく。買うペースに、置き忘れたり盗まれたり壊れたりするペースが追いつかない。

対してそちら。色は黒で、つくりもシンプル。高い傘にありがちな、骨が十二本とか十六本とか、そのタイプではない。八本。でもしっかりしている。のに軽い。のに重厚感もある。素性を隠しきれない。それがほかの傘と交ざって傘立てのなかにあったら、やはり目立ってしまうだろう。

「こわくて持ち歩けないよ。盗まれたらショックがデカい」

「そのときはそのとき。盗まれないように注意してくれればそれでいいよ」

「注意はするだろうけど」

「盗まれても怒らないよ。つかってくれるほうがうれしい」

で。つかってない。盗まれるのがこわくてつかえないのもそうだが、もったいなくてつかってない。

もう付き合って長いから、紗由と会うときに初めから雨が降っていたことは何度もある。でもその傘は持っていかなかった。デートにビニール傘というのも何なので、わざわざ買った千円ぐらいの傘を持っていった。

わざわざ買ったことは隠し、もとからあったことにした。これが壊れたらつかうよ、と紗由には言った。もったいなくて、なかなかおろせないんだよ、と正直なことも言った。

紗由傘は、今もアパートの部屋にある。おろしてないのに先端が汚れるのもいやなので、玄関ではなく、居間の隅に立てている。

何でここに傘だよ、と野口さんに訊かれ、玄関だと邪魔なんですよ、と答えた。邪魔と言ってしまったことに心が痛み、観賞用の傘なんですよ、と言い換えた。そう。観賞用。それでいいと思っている。僕にしてみれば宝物だ。初めて紗由にもらったプレゼントなのだから。

僕の誕生日は、九月十七日。乙女座。かわいくない乙女だと思う。

紗由の誕生日は八月十八日だから、丸三十日後に僕の誕生日がくる。プレゼントをあげた一ヵ月後にもらう。ここ三年はそうなっている。

今年は何をくれるだろうと期待していた。折りたたみ傘からの長傘、のパターンで、ソーラー電波腕時計からの非ソーラー電波腕時計、もあり得るな、などと想像を楽しんでもいた。

くれなかった。

くれないどころか、一ヵ月前にあげたソーラー電波腕時計を返された。

待ち合わせ場所は、奇しくもコレド日本橋だった。地下鉄と直結の出入口だ。コレド室町で映画を観て、ご飯を食べるつもりでいた。というか、そうなるだろうと予想していた。誕生日には、祝う側がプランを考えることになっているのだ。

予想は外れた。大外れだ。

紗由は地上に出て、中央通り沿いにあるカフェに入った。チェーン店のカフェだ。紗由にしては珍しい。そう思った。そのときはまだのんきに。

二人掛けの丸テーブル席に着く。

壁を背にした紗由にこう言われた。

「タロちゃん、わたし無理」

「え?」

「誕生日はおめでとう。でも、無理」

「何？　どういうこと？」

「ほかの女の人と二人で飲みに行く男の人とは、付き合えない」

「あぁ。えーと、あぁ」

いきなりの衝撃に、口からはそんな言葉しか出なかった。

「あれからずっと考えたの。すごく真剣に考えた。家にいるときも考えたし、仕事をしてるときも考えた。それでやっぱり、無理だと思った」

「いや、あの」

「タロちゃんはそういうことをしない人だと思ってた。お姉さんの披露宴で同級生と再会するのは別にいい。飲みに行くのも別にいい。いや、よくはないけど、まあ、いい。でもわたしなら、カレシがいるから二人では会えないって言うよ。それでも誘ってくるような人とは仲よくしない」

「あぁ」

僕は浮気をした。のか？

「いや、でも、何もなかったし」

「それはわかってる。タロちゃんがそこまでひどい人だとは思わない。だけど、ちょっとツラい」

「あぁ」それればっかりだ。

「どちらかといえばその人が誘ったんだろうなって思う。それもわかる。でも、断ってほしかった。せめて、飲みに行く前に話してほしかった。そうしてくれてたら、わたしも気持ちを伝えられた。二人では行かないでほしいって言えた。言えてたら、タロちゃんは行かないでくれたはず」

「あぁ。ごめん」

今日、雨が降らなくてよかった。そんな的外れなことを思う。

わざわざ買った千円の傘が壊れたわけでもないが、雨が降ったら紗由傘をおろすつもりでいたのだ。何なら、雨が降ることを望んでいた。もらってから寝かせること三年。ようやく紗由につかうところを見せられる。だから降ればいい。と。

黙って飲みものを飲む。アイスメープルラテ。またのんきなものを頼んでしまった。僕はメープルシロップに弱いのだ。

「でも」言うべきではないよな、と思いつつ、言ってしまう。「事後報告にはなっちゃったけど、言うことは言ったよね。二人で行ったたって。隠しはしなかったよ。初めから隠すつもりなんてなかった。進んで言うことでもないよなぁ、と思っただけで」

「タロちゃん、それはごまかしだよ。わたしに対してじゃなく、自分に対してごまかしてる。結果的に何もなかった。だからだいじょうぶだと思って、言った。そうじゃない？」

「いや、それは」

「飲みに行く前に言わなかった。それはやっぱり、もしかしたら何かあるかもしれないと思ってたってことだよ。期待してたとまでは言わないけど、可能性はあると思ってたってことだよ」

そうだろうか。実家まで訪ねたこの紗由がいながら、僕は花子とどうにかなる可能性もあると思っていただろうか。

何も考えていなかった。たぶん、それが答になる。

野口さんのことは言えない。僕も同じだ。考えない。考えずに、動いてしまう。

地元の同級生だから、飲みに行く。ただそれだけ。こうなった今でさえ、そんなにおかしなことではないと思っている。

紗由にも地元はある。ここ東京がそれだ。地元の友だちだっているだろう。ただ。地元があって、東京がある。その感覚は、理解できないかもしれない。

「タロちゃんは、もうちょっとわたしのことをわかってくれてると思ってた。わたしね、カレシになった人はみんなお父さんとお母さんに紹介するわけじゃないよ。そこまで大らかじゃないよ」

「あぁ」

「そういうことだから、これ、返す」

紗由はバッグから小箱を取りだし、僕の前に置く。見覚えがある小箱。ソーラー電波腕時計。

「いや、いいよ。これはもらっておいてよ」

「いい。あげないのに自分だけもらうわけにはいかない。でも、そういう意味だから、気を悪くしないで。タロちゃんからのプレゼントは持ってたくないとか、そういうことではないから」

「あぁ。うん」と言って、その小箱を眺める。見下ろす。手は出さない。すぐにそうする気には、とてもなれない。

この一ヵ月、紗由と会わなかった。電話だけ。仕事がすごく忙しいのだと言われた。社内特別研修のメンバーに選ばれてあれこれ大変なのだと。ならしかたないと思った。むしろメンバーへの抜擢《ばってき》を喜んだ。そしてこの誕生日に期待した。

「わたしね、ほんとに真剣に考えたよ。これまでにないっていうくらい考えた。で、思った。わたしたち、ものの見方が、ちょっとちがうかもしれない」

「え？」

「例えばの話だけど。これをくれたとき、タロちゃん、世界中の時計がソーラー電波にならないのが不思議だって言ってたでしょ？」

「言ったね」

「わたしはそうは思わない。時計の価値って、それだけじゃないから。正確な時間がわかるのは、もちろん大事。ただ、それ以外にもいろいろあるよ。服に合わせておしゃれをしたり、インテリアとして部屋に飾ったり。時間を知るだけなら、スマホで充分。でもわたしは、時計は時計で、あってほしい。ソーラー電波時計もあってほしいし、ほかの時計もあってほしい」

そして紗由は黙る。

言いたいことは、言ったらしい。いや。ソーラー電波時計がどうのなんて、本当は言いたくなかっただろう。結果として、僕が言わせたのだ。

このカフェでゴネない。いやだいやだと泣き言を言わない。

僕にできるのは、もはやそのくらいだ。

のんきにではないが、アイスメープルラテを飲む。飲みきれない。この手のものの常として、グラスの底に泡状のクリームが残る。

グラスを置いて、言う。

「別れるっていう、ことなんだよね？」

「うん」

「おれは別れたくない。急にそんなこと言われても受け入れられない。それは、わかってくれてるよね？」

「うん。タロちゃんも別れたいと思ってたとしたら、それはそれでショックだし」

その言葉につい笑う。笑いたくないのに、笑う。

何だかポヤ〜ンとする。世の中にはこんなにショックなことがあるのだな、と思う。

テーブルの上の小箱を手にとる。言う。

「ほんと、ごめん」

「謝らなくていいよ。タロちゃん、悪いことをしたわけじゃないから」

だったら、という言葉が口から出かかる。出さない。それはもう、泣き言になる。

カフェを出て地下鉄の出入口まで歩き、そこで別れた。カレシとカノジョとして、本当に別れた。じゃあ、と僕が言い、じゃあ、と紗由も言って。

あっけなかった。

そんなものだと思う。どちらかが別れたいと言ったら、もう別れるしかないのだ。別れたがっている人と、無理に付き合うことはできない。付き合ったところで、いいことは何もない。どちらにも。

たまたま土曜だった今日九月十七日で、僕は二十六歳になった。二十六歳にもなれば、そのくらいのことはわかる。

どこにも寄道をする気にはならなかったので、まっすぐ行徳のアパートに帰った。

そして午後六時から、一人でビールを飲んだ。

敦と由比漁港で飲んだときと同じ五百ミリリットル缶。それを四本飲み、柿ピーの小袋を四つ空けた。ほかにつまみはなし。食べたのはそれだけ。

午後十一時すぎに、野口さんが帰ってきた。

「太郎、遅くなって悪い。これ」

そう言って、野口さんは僕に二枚の一万円札を差しだした。

「八月九月分の、二万」

紗由と別れたことで出た臨時ボーナス。いわば見舞金。そんな気がした。

ならば受けとるしかない。

ショックはあまりにも大きい。時間が経てば経つほど大きくなる。

野口さんに限らない。相手は誰でもいい。少しは見舞われたい。

十月　太郎、故郷の皆と飲む

付き合う人もいれば、別れる人もいる。くっつく人もいれば、離れる人もいる。男女は問わない。早ければ中学生ぐらい、もっと早ければ小学生ぐらいから、人はそうなる。くっつく人にもなり、離れる人にもなる。それを何度もくり返す。そして、もう離れる人にはなりたくない、もうこの相手とは離れたくない、と強く思ったときに、結婚する。

したからといって、安心はできない。結婚してからも、離れる人はいる。またくっつく人もいる。それはもう、人の宿命と言っていい。

で、僕が離れたショックを引きずっているあいだにくっついた人もいた。

安藤さんだ。安藤さんが、ついに育美と付き合ったのだ。三年前からフラれ続けていた、僕の同期の大友育美と。

紗由と別れた話をしたときに、本人の口から聞いた。本人。安藤さんではない。育美だ。

平日のランチタイム。どこかへ食べに行こうと会社を出たときに、たまたま育美と会った。コンビニで何か買うつもりでいたらしいが、じゃあ、一緒にランチでも、となった。

育美と二人でラーメン屋、というのも何なので、パスタの店に行った。わたしはラーメンでもいいよ、と育美は言ったのだが、僕がパスタを推した。ラーメン屋だと、安藤さんと出くわす可能性があるからだ。

狭いテーブル席で、まずは僕が報告した。

「カノジョと別れちゃったよ」

「ほんとに？　話を聞く限り、仲よかったじゃん」

「よかったと思ってた。自分でも」

「何で？」

ざっと説明した。

地元の同級生と東京で飲みに行ったこと。二人きりで、がマズかったこと。行く前に言わなかったのもマズかったこと。プレゼントを、つかわずに返されたこと。ものの見方がちがうと言われたこと。

「二人で行かれるのはいやかもね」と育美は感想を口にした。「言わなかったのも、いやだし」

「やっぱりおれのせいか」

「そりゃそうでしょ。でもわたしなら、事前に言ってくれれば、二人で行くのはありかな。でなきゃ、同級生と飲みに行けないことになっちゃうもんね。太郎とその子みたいな状況だったら、ほかの人を交えてってわけにもいかないし。それでも二人では行かないっていうのが無難なんだろうけど」

「うーん」

「あとで言ったのは、一番マズかったかも。カノジョが言ったみたいに、結果オーライに感じちゃうもん。何もなかったから言ったんだなって。まあ、太郎らしいといえば太郎らしいけど」

「らしい？」

「らしいよ。駆け引きが下手。言わなくてすむことは、言わなきゃいいのに。人にはさ、聞きたくないことだってあるよ。よくそれで営業をやってるよね。ウチの人事、だいじょうぶ？」

「ひどいな」

「でもわかる人にはわかるか、太郎はインチキをしないって。カノジョだってさ、そこは疑わなかったわけでしょ？　太郎がその子と何もなかったっていうのは」

「うん。そう言ってた」

「それ、ほんとだよね？」

「ん？」

「ほんとに何もなかったよね？」

「ほんとだよ」

「実は何かあったんなら、太郎、相当なワルだからね」

「いや、だから、ないって」

「だからわかってるって」と育美は笑う。「そこはちゃんと伝わるんだよ。だから不器用でも営業をやってられるの。カノジョはさ、結局、二人で行かれるのがいやだったんだよ。許そう許そうとは思ったと思うよ。朝から考えに考えて、夜には、よし、許そう！　と思う。でも朝になると、またもとの状態に戻ってる。そんなことのくり返しだったんじゃないかな。苦しいよ、それ。わたしも経験あるけど」

「あるの？」

「あるよ。だから前のカレシと別れたんだもん」

「前のカレシ？」

「ほら、付き合ってたカレシ」

「もう別れたの？」

「別れたよ」

「聞いてないよ」

「何で言わなきゃいけないのよ、太郎に」

「だっておれは、こうやって、言ってるし」

「勝手に言ってるんでしょ？　わたしからは訊いてないよ」

「勝手に言ってるって。何かおれ、バカみたいじゃん」

「遅いよ、気づくのが」

育美がジェノヴェーゼを食べる。バジリコたっぷり、緑色のやつだ。

僕はボロネーゼ。要するに、ミートソース。野口さんも花子のファミレスで食べたやつ。

スパゲティではミートソースが一番好きだ。二位がナポリタン。母がその二つしかつくれなかったからだろう。

そして僕はふとあることに思い当たる。

「前のカレシって、言ったよね？」

「うん」

「もう次の、というか新しいカレシがいるってこと？」

「いるよ。安藤さん」

「え？」

「付き合いたて。まだ三日かな」

「ほんとに？」

「ほんとに」

「散々断ったじゃん」

「散々断ったけど」

「何で？」

「根負けしたのよ。じゃなくて、考え直したと言うべきかな。そこまでわたしを好いてくれる人はもう現れないかもって」

「四年越し、だもんね」

「会社から出たとこでバッタリ会って、やっぱりこんなふうにランチに行ったのよ。そう。それこそラーメン屋さん。おいしかった。広東麺みたいな、あんかけの」

「あぁ。あれはうまいね。おれも好き」

「笑っちゃったわよ。あの人、ラーメンにホワイトペッパーをドバドバかけるから」

女子の前でも、ちゃんとドバドバかけるのか。きらわれそう、とか思わずに。さすが安藤さん。

「でさ、食べながら、カレシと別れたことを話したら、じゃあ、おれと付き合えよって」

「その場で？」

「その場で。まだ言うんですか？　って、また笑った」

「安藤さんは、何て？」

「そりゃ好きなんだから言うだろ、チャンスがあればいつでも言うよって。ちょっとグッときた。何、ラーメン屋でそんなこと言われてグッときちゃってんのよって思ったけど、まあ、いいか、とも思った。で、じゃあ、付き合いますって」

「その場で？」

「その場で。それが三日前」

すごい。何だかわからないが、すごい。安藤さんの営業成績がいいのもわかる。押す。断られたら引く。でもあきらめない。

と、育美とそんなことを話したのが金曜日。

その夜、お姉ちゃんから電話があった。

〈小泉さくら〉とスマホの画面に出たので、ちょっとあせった。うわ、何だ、と警戒した。

「もしもし」

「もしもし、太郎？」

「うん」

「夜遅くにごめん」

「まだ十時だよ」

「十時は遅いでしょ。今、だいじょうぶ？」

「だいじょうぶ」

「野口さんは、まだいるのよね？」といきなりきた。

「うん。追い出すわけにもいかないし」

「いいのいいの。そういうことじゃないから。太郎、明日は休み？」

「うん」

「あさってとしあさっては？」

「休み。暦どおり」

「よかった」

「何？」

「野口さんも、日曜は休みなのよね？」

「そう」

「どこかに出かけたりしないかな」

「ちょこちょこ出るとは思うけど。買物とか、そういうのには」

「あさって、日曜日に、そっちに行きたいんだけど」

「東京にってこと？」

「太郎のアパートにってこと」

「えーと、何で？」

「ちょっと話があるから。太郎にじゃなくて、野口さんに」

「あぁ」

「だから、アパートにいてもらって。逃げそうだと太郎が思うなら、わたしが来るとは言わなくていいから」

「いや、逃げはしないと思うけど。ただ、あさっては、敦が来るんだよ」

「アツシ？」

「由比の」

「あぁ。高田くん？」

「そう。日曜に泊まることになってる。夕方に来るって言ってた。何時かは、はっきりしてないけど」

「じゃあ、その前。午後のちょっとだけでいいから、時間ちょうだい」

「それなら、うん」

午後二時と時間を決めて、電話を切った。

野口さん、逃げないだろうな。まあ、逃げないか。呼ばれてもいない披露宴のためにわざわざ静岡に帰った人なのだ。お姉ちゃんに会いたくないことはないだろう。

日曜に敦が来るというのは本当だ。月曜の体育の日を絡め、多くの人は三連休。敦も土曜は仕事だが、日、月は休めるというので、久々に東京に出てくることになった。

次は正月に飲む予定が、二ヵ月以上の前倒し。敦は前の週のうちに電話をかけてきて、泊めてもらえる？　と尋ねた。いいよ、と答えた。野口さんには、次の次の日曜に友だちが来ますけど気にしないでください、と言っておいた。

翌土曜には、ペッパーズの試合があった。

僕自身、ペッパーズと省略形で呼ぶようになっているのが気になるが、これはもうしかたない。

三連休の中日になるのを避け、今回は日曜でなく土曜。グラウンドを押さえる段階で、安藤さんがそうしていた。

野口さんも呼べよ、と安藤さんは言ったが、土曜なので無理だった。時間は正午から午後二時。無理をすれば出勤前に参加できないこともないが、無理はしなかった。そこまでの体力はもうないよ、と野口さんは笑った。そしてこう続けた。安藤くんには礼を言っといて。

この日の試合には、例によって、九番ライトで出場した。例によって、ポロポロやった。でも半分から四割に減っていたポロポロは、たぶん、三割に減った。

フライの一つでは、華麗なスライディングキャッチを成功させた。のだが、安藤さんにはこう言われた。あれ、スライディングキャッチじゃなくて、キャッチアンドスライディングだろ。お前、捕ってから滑ってたよ。というか、捕ったあとに転んだだけだよ。

でもファーストの根津さんからは、太郎がイチローに見えた、と言われた。

榎本さんからは、次の異動で主任だよ、と言われた。際どい冗談だ。気にせずに笑えた。係長までは無理ですか？　と返せた。会社員だからって、草野球をするときまでセカンドの選手を人事課長と見なくてもいい。安定志向は大事だが、それ一辺倒でなくていい。そんなふうに思えた。

打つほうでも、出塁した。ヒットでではない。相手のエラーでだ。でも出塁は出塁。バッターからランナーに昇格できた。ボテボテすぎたゴロが、相手のミスを誘ったのだ。

ただ、試合には負けた。

僕がどんなにエラーをしてもチームが勝つときは勝つし、僕が珍しく塁に出ても、負けるときは負ける。いいときもあれば悪いときもある。人生と同じですよね、と安藤さんに言ったら、黙れ、丸太郎！　と言われた。

そして日曜日。アパートにお姉ちゃんがやってきた。お姉ちゃんだけでなく、何と、亮平さんまでもがやってきた。

土曜の夜になって、やっぱりおれも行くよ、と亮平さん自身が言ったのだそうだ。お姉ちゃんも断らなかった。僕はそこにこそお姉ちゃんの本気を見る。

二人は急遽ビジネスホテルを予約した。茅場町。僕の会社の近くにあるホテルだ。

僕が寝ているほうの部屋。広いとは言えない居間。そこで、ミニテーブルを挟み、小泉夫婦と野口さんが向き合った。

僕はと言えば。ペットボトルの冷たいお茶を注いだ四つのグラスをミニテーブルに置いた。そして野口さんの側に座った。妙といえば妙だが、スペースの関係で、そうするしかなかった。

「あのときは驚かせて申し訳ない」と野口さんが言い、

「いえ、気にしないでください」と亮平さんが言う。

「来てくれたんなら、よかった」と野口さんが今度はお姉ちゃんに言う。「送る手間が省けたよ」

「何？」

「二万じゃ少ないと思ってたんだ。だから、これ」

祝儀袋だ。それがミニテーブルの上、お姉ちゃんと亮平さんのあいだに置かれる。

お姉ちゃんは、意外にもすぐに袋のなかを見た。お札を出し、数える。八枚。トータルで、十万円。

祝儀の追加。そんなの初めて聞いた。初めて見た。

「もらえないよ」とお姉ちゃんが言う。「もらえるわけないじゃない」

微かにだが、その表情が曇る。でもその曇りは、何というか、いい曇りに見える。

「おれからだと思わなくていい。太郎からだと思って、もらってくれ」

いきなりそんなことを言われ、その太郎はきょとんとする。

お姉ちゃんと亮平さんも驚いて、僕の顔を見る。

「実際、太郎からみたいなもんなんだ。ほんとなら三万でも少ない家賃を一万にしてくれたから、こうやって、出せた。で、太郎、今月分の一万は、あとでな」

「あぁ。はい」と返事をする。

「何よ、それ。そういうの、ダメだよ」

ダメ。でも糾弾《きゅうだん》する響きにはならない。

「もらっておきなよ」と亮平さんが促す。「ご祝儀を受けとらないのは失礼だ」

「もらっても、いいの？」とお姉ちゃんが言う。野口さんにではなく、僕に。

「いや、だから。僕は出してないよ。関わってない」

「じゃあ、もらう」

「よかった」と野口さん。

お姉ちゃんがグラスを手にとり、冷たいお茶を飲む。

それが合図になったかのように、皆が飲む。亮平さん、野口さん、僕。

目に入ると話がしづらいということなのか、お姉ちゃんが祝儀袋をバッグにしまう。素早く、でも丁寧に。

そして話を始める。

「野口さん。就職してください」

「え？」と野口さんの代わりに僕が言ってしまう。「どういうこと？」

「この先は彼が」とお姉ちゃんが言い、亮平さんが引き継ぐ。

「僕は、清水の会社に勤めてます。港の近くにある、缶詰の会社です」

亮平さんは社名も言う。

「うん。知ってる」と野口さん。「缶詰、食べてるよ。ツナ缶とか」

「ありがとうございます。で、清水には本社があって、すぐそばに工場もあります。僕は本社にいますが、野口さんに工場で働いてもらうのはどうかと思いまして」

「工場」

「はい。夜勤なんかだと厳しいかとも思ったんですが、どうにか昼の仕事をご用意できそうなので」

驚いた。

それは野口さんも同じらしい。手が止まっている。お茶を飲みもしないし、グラスをテーブルに置きもしない。

「ご年齢のこともあって、正社員というわけにはいきませんが、契約社員ということでお願いできればと」

「ほんとに？」と野口さんが言う。

「はい。さくらに話を聞いて、考えました。会社の人事にも、話を通してあります。面接は受けてもらうことになりますが、よほどのことがない限り、そこで引っかかることはないかと」

もしかしたら、だが。野口さんが怒るのではないかと思った。バカにするなと激高するようなことも、あるのではないかと。

なかった。

「おれなんかを、採用してくれるの？」

「はい」

「何で？」

亮平さんは少し黙ってから、答える。

「さくらの、お父さんだからです」

「お父さんではないよ。さくらのお父さんは、春夫さんだ」

「では、元お父さんだからです」

お姉ちゃんはずっと黙っていた。そこでもまだ黙っている。野口さんの返事を聞くまでは黙っていようと決めたみたいに。

野口さんは、お茶を一口飲んでグラスを置こうとし、それからもう一口飲んだ。

やっとグラスを置いて、言う。

「清水に、帰れるのか」

言葉がスルリと耳に入ってきた。スルリと入り、ストンと腑に落ちた。

そうだよな、と納得した。もう清水に家はない。基盤はない。それでも野口さんは、帰りたかったのだ。

やはりお茶を一口飲んで、亮平さんが尋ねる。

「どうですか？」

「ありがたいよ。こんなにありがたいことはない」

「よかったです。正直、断られたらどうしようかと思ってました」

それとなくお姉ちゃんを見る。

安堵が顔に出ている。笑ってはいない。でも、たぶん、亮平さん以上にほっとしている。

野口さんが、素早く正座をして言う。

「元父のおれがこんなことを言っちゃいけないんだけど。さくらを、よろしくお願いします」

そして亮平さんに深く頭を下げた。

「あ、いえいえ」と言って、亮平さんも正座をする。「こちらこそ、よろしくお願いします」

僕は立ち上がり、お茶のペットボトルを取りに行って、戻ってくる。

空になっているものはないが、四つのグラスそれぞれにお茶を注ぎ足す。

で、ペットボトルを冷蔵庫に入れに行き、また戻ってくる。

話は一段落。緊張が少し解けた感じがある。

「あの本は」と野口さんが僕に言う。「捨てることにするよ」

「あの本?」とお姉ちゃん。

「『居酒屋をやろう!』」

「何、カフェだけじゃなくて、居酒屋もやるつもりだったの?」

「つもりだった」

そう。つもり。今は何となくわかる。幅広い、つもり、だ。野口さん自身、実現できると思っていたわけではない。要するに、よりどころ、みたいなもの。

僕のスマホの着信音が鳴る。電話だ。

画面を見る。

「あ、敦」

出る。

「もしもし」

「もしもし、太郎？」

「うん。ちょっと待って」

立ち上がり、玄関に行って、サンダルをつっかける。ドアを開けて外に出る。

「お待たせ。どうした？」

「ちょうど電車が来たから、電話をする前に乗っちゃって。実はもう行徳の駅なんだよ。これから行ってもだいじょうぶ？」

「えーと、今、姉ちゃんが来ちゃっててさ」

「姉ちゃんて、お姉さん？　さくらさん？」

「そう。あと、ダンナさん」

「夫婦で？」

「うん。敦が来るまでには帰る予定だったんだけど」

「そうか。じゃあ、時間をつぶすよ。ハンバーガー屋かどこかで」

「悪いね」

「いや、悪いのはおれだよ。いきなり来ちゃったし」

「じゃあ、一時間後ぐらい、でいいかな」

そこで間ができた。返事がこない。

電波の具合が悪いのかな、と思ったところで、敦が言う。

「花子と会ったよ」

「え？」

「赤羽で。バイト終わりに」

「ほんとに？」

「うん。用って、実はそれだったんだ。だから東京に来た」

「そうか」

「花子にさ、言ったんだよ。まずは遠距離でいいから、また付き合えないかなって」

「そしたら？」

「オーケーだった。お願いしますと言ってくれた。こんなの、太郎に会ってから言えばいいんだけど。うれしくて、つい言っちゃったよ。ごめん。さくらさん、いるのに」

「それはだいじょうぶ。じゃあ、とにかく、一時間後に。もうちょっと早くできるようなら電話するよ」

「うん。頼む」

「じゃあ」

「じゃあ」

電話を切り、部屋に戻る。サンダルを脱いで、なかへ。

亮平さんと野口さんが話をしていた。お姉ちゃんがそれを聞いている。

すいません、と小さく言って、もとの位置に座る。

「高田くん、何だって？」とお姉ちゃんに訊かれる。

「もう来られるらしい。どこかで時間つぶすって」

「何か悪いわね」

「いや、だいじょうぶ」

「誰？」と亮平さん。

「太郎のお友だち。由比の」

くわしいことを言わなきゃいいか、と思い、言ってしまう。

「花子ちゃんと会ったんだって。日下花子ちゃん」

「そうなの？」

「うん」まあ、いいか、と思い、さらに言ってしまう。「二人、前に付き合ってたんだ。

で、よりを戻すみたい」

「あぁ。そうなんだ。じゃあ、高田くんも呼べばよかったね。披露宴」

「いや。そのときは、より、戻ってなかったから。ついさっき、戻ったらしい」

「ついさっき？」

「うん」

マズい。言いすぎた。このままだと、すべてを明かさなければいけなくなってしまう。何なら敦の初恋相手がお姉ちゃんだったことまで。

「じゃあさ」とその初恋お姉ちゃんが言う。「花子ちゃんに、会えないかな？」

「え？」

「ここに呼べない？　高田くんと一緒に」

「今？」

「今。ほら、披露宴のときは、せっかく静岡まで来てくれたのに、ほとんど話せなかったから。呼んだのに悪かったなと思ってたの。でも花子ちゃんはあんまり由比に帰ってこないみたいだし。わたしはわたしで、こっちに来ることもそうはない。無理かな？」

「うーん」

「高田くんに話してみて」

「じゃあ、まあ」

というわけで、外には出ず、この場で電話をかけた。

「もしもし」

「もしもし、敦？　もうどこか店に入っちゃった？」

「いや。今、ハンバーガー屋の前。ちょうど入るとこだった。あと二、三歩で自動ドアが開くよ」

「来られる？」

「早いな。もういいの？」

「うん」

「もしかして、さくらさんたちを急いで帰らせちゃったとか？」

「いや、まだいる。敦を呼べばって」

「え？」

「あと、花子ちゃんも」

「えぇっ？」

「ほら、元先生として、会いたいんだって。元生徒に」

「あぁ。家庭教師」

「そう。で、ごめん。敦のこと、話しちゃった。よりを戻すって。まさかこうなるとは思わなかったから」

「それはかまわないけど。行っていいのかな。邪魔にならない？」

「ならないよ。会いたがってるわけだし。花子ちゃんに訊いてみてよ。で、とりあえず、敦は来ちゃって。花子ちゃんが無理でも、それはそれでいいから」

「わかった。花子に電話して、行くよ」

「待ってる。じゃあ」

「じゃあ」

電話を切り、お姉ちゃんに言う。

「ということで、いいよね？」

「うん」お姉ちゃんはお姉ちゃんで、隣の亮平さんに言う。「いいよね？」

「うん。披露宴に来てくれた人なら、お礼を言いたいよ」

「あ、もしかしたら、今の友だちだけになっちゃうかもしれません」と断る。

「それでもいいよ。やっぱり由比の人なんでしょ？」

「はい。亮平さんの小中高の後輩です」

「高も？」

「はい。理数科ではなかったですけど」次いで野口さんにも言う。「いいですよね？」

「おれは何でもいいよ」

敦はそれから十五分で来た。小泉夫婦同様、迷子の電話をかけてくることもなく、アプリの地図を見て、すんなりたどり着いた。

花子もあとで来るという。うれしい、さくら先生に会いたい、と電話の向こうで言ったそうだ。

赤羽から行徳。敦がたどったそのルートを、花子もたどった。

駅までは、到着の時間を見て、敦が迎えに出た。

僕も一緒に出て、敦とは途中で別れ、ビールやサワーやつまみを買った。駅の向こうの大型スーパーでではなく、こちらのスーパーでだ。つまみは、柿ピーにチーズにミックスナッツ。大型スーパーよりは高かったが、まあ、今日はしかたない。

僕、帰宅。

敦と花子、到着。

午後六時には、全員がそろった。

小泉夫婦、敦花子カップル、野口さん、僕。六人。旧清水市出身の野口さん以外の五人は由比出身。もうほとんど由比東京支部だ。いや、厳密には、由比千葉支部。

グラスが二つ足りなかったので、僕と野口さんが缶から直に飲むことにした。敦と亮平さんまでもがそうしたため、結局、グラスは二つあまった。

さっきまで僕と野口さんが座っていたところ、お姉ちゃんと亮平さんの向かいに、花子と敦。野口さんと僕は、空いてる二辺に分かれ、向き合って座った。空いてるといっても、猫の額程度。座った実感としては、キツキツだ。

缶ビールと、グラスに注いだレモンサワー。全員で乾杯した。一人一人と缶やグラスを当てたりはしない。僕は自分に近い側にいるお姉ちゃんと花子と当てた。野口さんは、亮平さんと敦とだ。お姉ちゃんとは当てられなかった。

花子とお姉ちゃんが、主に話をした。

「さくら先生、あの青のドレス、すごくよかったです。ほんと、きれいでした」

「あれ、彼が選んでくれたの。ね？」

「うん。サンプルを見たなかでは、青が一番いいかと思って」

「実はわたしもそう思ってた。ピンクとかを選ばれてたら、青がいいって言ってたかも」

「青。正解ですよ。わたしもあれで、自分のときは青にしようと決めました。さくら先生がいいサンプルになりました」

「そこはサンプルじゃなく、モデルって言ってよ」

お姉ちゃんが花子の家庭教師をしていたときの話も出た。

「効率のいい勉強のやり方を教われて、ほんと、たすかりました」

「そんなの、わたし、教えた？」

「はい」

「それ、どういうの？」

「具体的にどうって言うのは難しいですけど。例えば、えーと、時間の無駄になるだけだから、やみくもに書いて覚えたりはしない、とか」

「あぁ。それ、太郎のやり方だ。もう、とにかく書いちゃうのね。漢字も、日本史の年号も。書くのはいいけど、考えないでただ書くだけだから、無駄が多いの」

「言ってよ」と、つい言ってしまう。

「言ったわよ、それはやめたほうがいいって。そしたら、太郎、僕は書いて頭に入れるタイプだからって」

覚えてない。言ってくれてたのか。聞いとけよ、バカ太郎。

そしてバカ太郎そのものの話も出た。

出したのは、お姉ちゃん。由比の丸山家の近くにある坂の頂から見る駿河湾はすごくいい、と敦が言ったあとに、言ったのだ。

「あの坂を、太郎が全速力で駆け下りたことがあるの。ご近所の犬に追いかけられて」

「そうなんですか?」と花子。

「そう。太郎、大泣き」

「そうなの?」

「そう」と僕。「だって、白熊みたいにデカい犬だったからね」

「大げさだよ」とお姉ちゃん。「かわいかったじゃない。梅村《うめむら》さんちのシロ」

「小一にとっては白熊だよ。ここは北極かと思った」

「そういえば、太郎」とこれは敦。「低学年のころ、やけに犬をこわがってたかも。外で遊んでて、犬と飼主が近くを通りかかると、ササッとおれの後ろにまわったりしてたよ」

「してたっけ」

「してた。わわわわ、とか言って、おれの手をつかんだりもした」

「じゃあ、トラウマになったんだな」

「今は?」

「平気。急に吠えられたらあせるけど」

「それはみんなそうでしょ」

ビールとサワーの缶が立てつづけに空く。あまり強くない亮平さんでさえ、一本は空ける。

花子は、敦とよりを戻したことに自ら触れた。そしてさらに一歩踏みこんだ。

「わたしのお母さん、再婚するんですよ。今になって」とお姉ちゃんに言う。

相手は名古屋の人だそうだ。食用油脂会社で働いている。清水港の近くにある会社だ。亮平さんの会社とも近い。

その人は、花子の母峰子さんが勤める清水のスナックのお客。十月一日の異動で名古屋に戻ったが、またすぐにやってきて、峰子さんに結婚を申し込んだ。結婚後は二人で名古屋に住むという。

「お母さんも準備が整い次第出ていくから、もうわたし、由比の人ではなくなっちゃう」

「なくなりはしないでしょ」とお姉ちゃん。「お母さんが出ていっても、花子ちゃんは変わらないよ。今が動くからって、過去まで一緒に動くわけじゃない。根っこって、案外残るものだよ」

「結婚か」と野口さん。

その先何を言うかと思ったら、こんなことを言う。

「太郎が結婚するときも、祝儀、出していいか？」

それにはちょっと驚く。

野口さんが、僕の結婚式に来るのか？　まあ、来るか。呼んでもおかしくはないよな。亮平さんの会社で働くのだし。でも結婚式に呼ぶのを、父と母が許すかな。許す許さないで、照夫伯父さんともめないかな。というか、その前に。誰と結婚するんだよ、太郎。

「祝儀は、喜んで頂きます」と僕は言う。「だいぶ先になるんで、お金を貯めてもらう時間はたっぷりあると思います」

「そうか。じゃあ、貯めるよ。二年もあれば、二万は貯まるだろ」

二年で二万。笑えない。

でも笑う。皆が笑う。由比東京支部、いや、千葉支部の皆が。

そしてまずはビールがなくなった。五百ミリリットル缶七本が、一時間強で空いた。

僕が買いに出ることにした。

敦が一緒に行くと言ったが、お姉ちゃんがそれを止めた。高田くんはお客さんだから
わたしが行くわよ、と。お姉ちゃんもお客さんはお客さんだが、僕もそうは言わない。

お姉ちゃんと二人、アパートを出る。

もうスーパーでなくコンビニでいいかな、と思った。ここは安さより近さを優先させるべきだろう。最寄りのコンビニなら徒歩五分。近い。

午後七時半。夜。この時間になると、もうかなり涼しい。何なら肌寒いと言ってもいい。

お姉ちゃんと並んで、住宅地の通りを歩く。

由比ではない町の通りを二人で歩くなんて久しぶりだな、と思う。それこそ僕が高校生のころ以来かもしれない。静岡ならともかく東京では、いや、千葉では初めてだ。

「花子ちゃんと高田くん、うまくいくといいね」とお姉ちゃんが言い、

「うん」と僕が言う。

「花子ちゃん、いずれは由比に帰るんじゃないかな」

「どうして？」

「お母さんが出ていくから。かえって戻りやすくはなると思う。お母さんとのあいだには、いろいろあるみたいだしね。何ていうか、気持ちのわだかまりみたいなものが」

「そうなの？」

「そう」

花子も、僕にはしなかったそういう話を、お姉ちゃんにはしていたらしい。同性だか

ら、なのか。それとも、さくら先生だから、なのか。

何にしても。本当にそうなったらいい。花子が由比に帰れたらいい。敦と、なるようになれたらいい。

「太郎」

「ん?」

「ありがと」

「何が?」

「つい怒っちゃったけど、冷静になってみたら、うれしかった」

「だから、何が?」

「あの人をアパートに住ませてくれてうれしかった。太郎が自分からあの人にそれをすすめてくれて、すごくうれしかった」

そんなことは何でもない。深く考えてやったことでもない。もしも紗由と同棲していたら、たぶん、思いつきもしなかった。

僕のことはいい。お姉ちゃんだ。

野口さんに仕事を紹介。お姉ちゃんが丸山家を出たからこそ、できたことなのだと思う。お姉ちゃんも、過去には野口さんを突き放そうとしたのかもしれない。でも突き放しきることはできなかったのだろう。

披露宴のあの場には、亮平さん側の出席者もいた。照夫伯父さんもいた。父も母もいた。そう言うしかなかったのだ。今後関わってくるようなことはありません、と。

野口さんにお金を送るときのことも、そう。

普通なら、いくら料金が安いからといって、人にお金を送るときに、四万いくらとか、そんな端数が出る額にはしない。それができるのは、結局、野口さんが実の親だからだ。そういうことで気をつかったり、カッコをつけたりする必要がないからだ。

「あのさ」と僕は言う。もう直接訊いてしまう。「野口さんと、どうやって連絡をとり合うようになったの？」

「わたしが十八になったときにね、お母さんが言ったの。さくらが会いたいなら会ってもいいよって。でも太郎にはわからないようにしてねって」

「あぁ」

そうなのか。お姉ちゃん、十八歳。そのとき僕は十二歳。思春期太郎。

「わからなかったよ。全然」

「太郎が鈍くてたすかった」とお姉ちゃんが笑う。

「僕もたすかった」と僕も笑う。

「それね、まずはお父さんが言ってくれたの」

「それって？」

「わたしがあの人に会ってもいいって。お父さんが、お母さんに言ってくれたの。そうさせてもいいんじゃないかって。で、お母さんがわたしに言った」

父、丸山春夫。なかなかやる。いや。相当やる。

「鈍い太郎くんは気づかなかったみたいだけど、今になって、あの人をアパートに住ませてくれた。ほんと、うれしかった」

僕と野口さんは他人だと、市ヶ谷の家で紗由は言った。

僕と野口さんは無関係だと、お姉ちゃんでさえ、言った。

僕自身はこう言う。

「お姉ちゃんの父親ってことは、僕の父親でもあるわけじゃん。亮平さんとちがって理系ではないけど、そのくらいの方程式はわかるよ」

行く先にコンビニが見えてくる。夜の住宅地に明るくぽわんと浮かんでいる。

もうちょっと歩きたいな、と思う。そこで、行先をさっきのスーパーに変更し、交差点で右に曲がる。

「コンビニにするつもりでいたけど、スーパーに行くよ。そっちのほうが安いから」

「うん。そのほうがいいよ。コンビニは高い」

歩道をゆっくりと歩く。すでに五分歩いたためか、肌寒さは感じなくなっている。

「太郎、カノジョは？」

初めてお姉ちゃんにそんなことを訊かれる。

「うーん。いない」と答え、足す。「別れた。フラれた」さらに足す。「確かに僕は、いろいろと鈍いみたい」

お姉ちゃんが笑う。

お姉ちゃんなんだから、そこは一応、否定してくれないと。

でも僕も笑う。

「あ、そうだ。姉ちゃん」

「ん？」

「腕時計、いる？」

「腕時計？」

「ソーラー電波腕時計。結構いいやつだよ。三万ぐらいした。しかも新品。未使用」

「それを、くれるの？」

「うん」

「どうして？」

簡単に事情を明かした。別れるとき、カノジョに返されてしまったのだと。

「元カノジョに返されたものを、わたしにくれるわけ？」

「家族だから、それもありでしょ」

そう。家族。太郎とさくら。丸山と小泉。名字は変わってしまったが、家族。

「じゃあ、もらう。うれしい。狂わない時計、ほしかったの」

よかった。ものの見方、そこの価値観は、僕と同じだ。

やがてスーパーも見えてくる。夜の住宅地に、やはり明るくぽわんと浮かんでいる。

あ、そうだ。姉ちゃん。と、つい一分前に僕は言った。

今になって、気づく。お姉ちゃんから、おがとれた。

十月。由比では、そろそろ秋の桜えび漁が始まる。

本書は二〇一七年一月に小社より刊行された『太郎とさくら』を文庫化したものです。物語はフィクションであり、実在する人物や団体とは関係がありません。

太郎とさくら

小野寺史宜

2020年3月5日　第1刷発行

発行者　千葉 均
発行所　株式会社ポプラ社
〒一〇二-八五一九　東京都千代田区麹町四-二-六
電　話　〇三-五八七七-八一〇九（営業）
　　　　〇三-五八七七-八一一二（編集）
ホームページ　www.poplar.co.jp
フォーマットデザイン　緒方修一
印刷・製本　中央精版印刷株式会社

N.D.C.913/254p/15cm
ISBN978-4-591-16638-3
落丁・乱丁本はお取り替えいたします。
小社宛にご連絡ください。
電話番号　〇一二〇-六六六-五五三
受付時間は、月～金曜日、9時～17時です（祝日・休日は除く）。

P8101400